国に
KUNI NI SAIKYO NO
最強の
BARRIER O HATTARA
を張ったら
そのバリア、
永続じゃないよ？
されました。
CK
illustlation
トモゼロ
I

CONTENTS

バリア魔法が必要なくなったって本当ですか？

一話――猫の救出は何よりも優先される

市場で大好きなリンゴを買って、齧り付いた瞬間だった。

虫かじりの跡がついた馴染みの味のリンゴ、酸味が口に広がる。味覚を刺激する酸味とともに、視界に傾き始めた塔が見えた。

ここは大国ヘレナの中心、王都ギンレイアスの大市場。

人が行き交う活気に満ちた街は、ここ数年の好景気を象徴しているような景色だ。

人々が最も活発な昼前だった。

古びた塔は以前から存在が疑問視されて、近く取り壊しの予定があったのを思い出す。

それが最悪のタイミングで崩壊しようとしていた。

こんなに大勢が行き交う中、あの塔がのしかかって見ろ。どれほどの被害がでるか。

大好きなリンゴを口に放り込んで、俺は走り出す。

この国は俺の生まれた国で、ここは俺の育った場所だ。自身の立場もある。義務を果たす時だ。

全力で駆けだして、目的地へと急ぐ。

人々はまだ異変に気付いていていない。

俺が先に気付けて良かった。

パニックを起こさず問題の対処を行える。

いよいよ音を立てて塔の崩落が始まった。

しかし、俺がすでに近くまで来ている。

ここなら完全に大丈夫だ。

崩壊の始まった塔が倒れてくる。

大市場の方向へと倒れていく。

音を立てて倒れる塔が、大市場を崩落の被害に巻き込もうとしている。

辺りから悲鳴が聞こえた。

人々が慌てふためき、パニックが起きる。

平和なときが、一瞬にして様変わりする。

落ちてくる瓦礫の下に猫ちゃんがいた。

「おっと」

俺は迷わず駆け寄っていき、猫ちゃんを抱きしめた。

胸元に抱えて、瓦礫から救った。

物見の塔の上に移動して安全を確保した人から声をかけられた。

「あ、あんた！　宮廷魔法師のシールド・レイアレスだろ!?　猫なんて助けてないで、人を先に救ったらどうなんだ！」

俺の存在に気付いた人がいたらしい。

これでも俺は大国へレナの10人しかいない宮廷魔法師の一人だ。

それほど有名な自覚はなかったが、顔は知られているらしい。

猫ちゃんを先に助けたのは仕方ない。

だって、かわいいから。猫、かわいいんだ。

それにやることはやっている。

「既に、救っているが？」

「なっ、何を言っている!? 塔が崩壊して、市場に倒れこんだだろう！ 一体どれほど被害が出たことか！ なぜ倒れる前に対処しなかったんだ！」

猫を救ったのは気まぐれだが、別に他を切り捨てたわけじゃない。

塔が倒れて舞った砂埃が晴れていく。

そこに惨劇は広がっておらず、それどころか端っこの露店でさえ、傷一つついちゃいない。

『バリア魔法』

市場を丸ごと包み込んだバリア魔法が、塔崩壊から市場を完璧に守っていた。

日の光を反射するバリア魔法が今日も美しい。

俺の唯一使える魔法にして、最高の魔法。それがバリア魔法。

俺はヘレナ国宮廷魔法師の一人にして、守り最強の男。バリア魔法のシールド・レイアレスだ。

「にゃ」

「いでっ」

助けた猫ちゃんに引っかかれてしまった。

まあ、こういう日もあるよね。

人々の驚きの視線を感じながら、俺は普段の職務に戻っていく。

今日は猫ちゃんを助けられて、非常に満足だ。

仕事をきっちりこなしている俺は、きっと今後はより一層大事に扱われることになるんだろうな。

ヘレナ国で重宝され、皆から尊敬される未来が見える。見えるぞ！

明日もいい日になる気がする。近く行われる俺の婚約パーティーは、きっと人生最高の一日になるだろう。

バリア魔法がある限り、俺の人生に恐れるものなどない！

二話 ―― 最強のバリア魔法使い、なぜか追放

「シールド・レイアレス。国家転覆計画を企てていた容疑で、そなたを国から追放する」

「え……!?」

婚約パーティー会場の空気が一瞬にして固まった。

人垣を割って歩いてきた騎士団長からの予想もしない言葉に、俺も体が固まった。

頭も真っ白だ。

先ほどまでの楽しかったパーティー会場がどよめき、嫌な喧騒に包まれた空間へと変貌した。

なぜ、俺が国家転覆なんかを？

この国に忠誠を尽くしてきたし、能力の限り働いてきた。

3年前に国を覆うバリアを張った功績で、10人しかなれない宮廷魔法師に任命されている。

平民出身だったが、貴族の令嬢との婚約も決まったばかりだった。こっちは俺の希望というよりも、国王から公爵令嬢を押し付けられた感じだった。

それでも美人の嫁さんがただで手に入ってラッキー！　くらいに思っていたので嬉しかった。

全て順風満帆だったのに、なぜこんなことになった。

「俺はそんなことをしていない。調べれば分かるはずだ。直ぐに何かの誤解だと分かる」

「既に調べはついている。あらゆる証拠が出ているが、何より君の家から計画書も見つかっている」

俺の家から？

傍にいた婚約者を振り返った。

俺の婚約者エレインは視線を合わせようとせず、謝ってきた。

「ごめんなさい。あなたの部屋に勝手に入ったことは謝るわ。けれど、あなたが毎晩何をやっているのか気になって、入ってみたんです。そしたらあんなものが……」

その青い瞳と、同じ色の髪の毛が、今日は一段と冷たくまるで氷のように感じられた。

「何を言ってる」

本当に何を言っているんだ。

理解できていないのは俺だけなのか？

ありもしない罪を押し付けられると、人は焦って言葉が出てこないのだと今知った。

動揺して、頭がまともに働いてくれない。

説得力のある反論をしたくても、思考が纏まらない。汗ばかりが流れていく。

「信じてはくれないのか」

俺は宮廷魔法師だ。国の為に働いてきた。普段の俺の働きを見てくれれば、絶対に冤罪だと分かるはずだ。

しかし、次の瞬間、エレインと騎士団長が目配せをしてニヤリと笑ったのを見た。

……まさか、二人が仕組んだのか？

今起きている出来事全てを、この二人が？

なぜそんなことを……。分からない。

騎士団長もエレインも、この国のことを思っているはずだ。国を裏切るようなことをなぜする。

俺のバリア魔法でこの国は他国からの侵略も受けず、魔物が流れこんでくることもなくなった。

この3年の発展ぶりは目覚ましいものだった。

全てとまでは言わないが、その大きな礎となったのは間違いなく俺の張ったバリア魔法だ。

それを捨ててまで、どうしても俺に罪を擦り付けるというのか？

「理由が分からない。俺を追放だなんて馬鹿げている。このことは国王も知っているのか？」

「もちろんだとも。追放は国王陛下からの恩赦だと思え。本来ならば一生牢屋の中で暮らしてもらう予定だったのだからな」

そこまで話は進んでいたのか。

「……仕方あるまい」

もう反論はやめておいた。

一体、どこまで繋がりがあるか分からないからだ。

騎士団長と婚約者のエレインだけが計画したならば、なんとか汚名をそそぐ機会に恵まれるかもしれない。ただし、この計画に国王まで絡んでいるとなると、もうどうしようもない。

この国に俺の居場所はなくなったも同然だ。

一生牢屋暮らしじゃないだけ、確かに幸運かもしれない。

素直に受け入れて追放された方がいいだろう。

誰が敵か分からない以上、ここに長居するのは危険な気がした。

「退職金はないよな?」

「冗談を言っている余裕があるのか?」

ないです。ちょっと悔しかったからふざけてみただけだ。

もう悔やんでも仕方ない。

今後の身の振り方を考えないと。

連行される際は、特に抵抗しなかった。

拘束もなしに連れていかれる。

俺は宮廷魔法師の中でも特殊な立場だ。

なにせバリア魔法だけでのし上がった男だからな。

他の宮廷魔法師とはだいぶ毛色が違っている。

器用なことは苦手で、バリア魔法だけを磨いてきた。

バリア魔法しか使えない俺には、特別な警戒も必要ないと思われているのだろう。

それにしても、一体どこで恨みを買っていたのか。

国を覆うバリア魔法が優秀だから、軍事費を削ろうとしたことか?

軍事費が削れるなら税金を安くしようとしたことか?

宮廷魔法師は、国に滅茶苦茶貢献しているから給料をあげようとしたことか?

変に政治に口を出しすぎたか?

最近やたらとモテてるので、いろんな令嬢から縁談が舞い込んだことか?

どれも恨みを買いそうな話で、自分でもぞっとした。

俺としたことが、もろに敵を作りそうなことばかりをして守りが甘かったかもしれない。

使える魔法は、守り一辺倒のバリア魔法だけだというのに、政治の面ではノーガードだったわけか。

自分に与えられた権限だったとはいえ、少しやりすぎたかな。

こうして追放される段階になってようやく冷静に過去の自分を振りかえるとは。脇が甘かったと痛感している。

俺は悪いことをしちゃいないけど、政治力が足りなかったなと反省している。

けれど、俺を追放して大丈夫だろうか？

そこは少し疑問だ。

俺が国に張ったバリア魔法は、永続するものではない。

多分だけど、そろそろ限界がくる。

バリア魔法って、徐々に劣化したりはしない。

壊れるときは一瞬だ。以前説明したような？

あれ？　してないかも……。

しかし、騎士団長ほどの者がそんなことを想定していないわけがない。

きっと何か新しい防御魔法があるんだろう。代替になる、もしくは俺のバリア魔法以上のものが。

……あるよね？　ねえ、あるよね？

まあいいか。俺が気に掛けることでもない。

この国に生まれて、宮廷魔法師として高い給料を貰っていたからバリア魔法を張っただけだ。

追放された今、国が今後どうなろうが俺の知ったことではない。

それよりも心配するべきは、やはり自分の身についてだろう。

ここ数年、宮廷魔法師の給料が良くてだいぶ羽振りの良い生活をしてしまっている。

パリピと言われても仕方ない生活をしており、金遣いの荒さが身についてしまった。

まさか宮廷魔法師を追放されるなんて思ってもみなかったから。

ずっと高収入が続くと思っていたから！

追放された後、俺はどこで収入を得るんだ?

なにせ使えるのがバリア魔法だけだ。

俺を雇ってくれるところはあるのだろうか?

他国へ行けば、また宮廷魔法師として雇ってもらえたりするかな。

いや、国家転覆の罪なんて他国にだって知られるだろ。そんな怪しいやつ雇ってもらえないよな。

ああ、どうしよう。

収入がなくなるって、結構不安になるな。

そういえば、高級クラブのつけを払っていなかったことを思い出した。

宮廷魔法師を目指す若者を連れて飲みに行ったけど、お金が足りなくて払ってないやつだ。

羽振りの良いところを見せて格好つけようとしたところ、金が足りなくて尊厳を失ったあの日の出来事を思い出す。シンプルに恥ずかしい記憶。

うわー、どうしよう。

いや、待てよ。追放されるから、もう借金も払わなくていい?

まさかのメリットも出てきだした。

追放も案外悪くないのかもしれない。

思えば、15歳になるまで毎日のようにバリア魔法を訓練した。

来る日も来る日もバリア魔法だけを。

だって、俺には魔法の才能がなかったから。

唯一使えたのがバリア魔法だったので、それだけを磨き続けた。

気付けば国一番のバリア魔法使いと言われるようになったけど、おかげで世間を知らずに育ってきた。

ここ3年でパリピみたいな生活をしてしまったのはその反動だったのか!?

そういうことにしておこう。

振り返れば、あまり楽しくない3年だったかもしれない。

訓練に費やしていた10年くらいの方が充実していた。毎日魔法が上達する感覚があって、歩みを止めることなく魔法を磨き続けたんだよな。あれは楽しかった。

パリピ生活は表面上こそ楽しかったけど、宮廷魔法師としては肩身の狭い思いをしていた。

10人しかいない宮廷魔法師は、実は表に出されない序列がある。

俺は国にバリア魔法を張った英雄だから序列高めだろ！　とか思っていたけど、当然のように序列最下位に任命されている。

それと同時に、俺は他の宮廷魔法師から見下されていた。

他の宮廷魔法師が数百の魔法を扱う中、俺はバリア魔法しか使えなかった。みんな口には出して言わなかったけど、心のどこかで俺のことを見下していた気がする。

特に、序列最高位のあの人は顕著だった。

一〇〇〇の魔法を使うと言われる天才魔法使い、オリヴィエ・アルカナ。

彼女はいつも露骨に俺のことを睨みつけてきていた。３年もの間、まともに会話をしたこともない。

俺の婚約が決まった時なんて、他のメンバーからは形だけの祝福を頂いたが、彼女からは殺気を貰った。

とんでもないお祝いである。

追放用の馬車に乗せられて、俺は過去のことを振り返っていた。

思えば、この国に尽くすほどの義理も、思いもないかもしれない。

一日で多くを失ったけど、せっかくの機会だ。

これからは自由に生きさせてもらうとしよう。

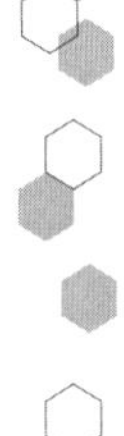

追放されて何が起きるのか心配していたのだが、本当に国の端まで追放されただけだった。
３日かけて国境にある街アルザスまで連れていかれて、１週間以内に身支度を整えて国から出ていくように通達された。
馬車から降りて以降は見張りのような者が付くこともなく、意外とあっさりとしているんだなと思って安心したくらいだ。
最低限の金も貰っている。

といっても、本当に最低限だ。

私物で持ち出せたのは、宮廷魔法師を証明するための金の懐中時計だけ。

他に持ち出せたものはないので、本当にここから人生の再スタートである。

買い出しの時間である。バッグに保存が利きそうな食料を詰め込んでいく。

1週間分は欲しいところだ。

他のものは後回しでいい、というよりお金が足りない。パンツも持ち出させてくれなかったので、安物のパンツを買っておいた。

いかにもゴワゴワしていて、デリケートなところが心配になるつくりだ。

さて、これからどこへ行こう。

北に行くか、東の森を越えるか、南に下るか。

北は獣人の国。南は貿易で栄えた海に面した国。東はドラゴンの森を越えた先に国がある。

西は王都方面に戻ってしまうので、その選択肢は取らせてくれないだろう。

見張りの目がないと言っても、国をウロウロしていたら流石に通報されそうだ。

これでも元宮廷魔法師だ。ちょっとくらいは顔が知られているはずだ。……知られているよね!?

「……南かな」

消去法だ。

他国の内政なんて軍事面で仕入れた情報しかないが、南のミナントが一番栄えていて、出直すにはちょうど良さそうである。

文化や気候に馴染めなかったら、またその時考えよう。

北の獣人の国よりかは馴染めるだろう。

東はドラゴンの森を越えなきゃいけないのがきつい。ドラゴンならバリア魔法でなんとかなりそうだけど、森を越えたことなんて人生で一度もないぞ。

もともと引きこもって魔法の特訓ばかりしていたんだ。

宮廷魔法師になっても城で毎日引きこもっていた。

国を覆う巨大なバリアも城からせっせと1か月もかけて創り上げたものだ。あれは大変だったけど、外出は一切せず創り上げた。

宮廷魔法師にまでなって、文明の頂点を味わい尽くしていたのに、今さら森なんて無理、無理。虫とか出たら無理です。きもい。う○ことかどこですればいいの？　木の下？　無理、無理。きもすぎぃ。

しかし、どのルートを選んでも長い道のりにはなりそうだ。

次の街までどのくらいかかるのか、地理感もつかめていない。

となると、今やることは――。

「腹ごしらえだあああ」

とりあえず、食って考えようと思う。

宿と飯屋を兼業している店に入り、シチューとパン、メインディッシュの肉のステーキを頼んだ。

お金が余ったので、サラダも添えておいた。

「はむっ」

んまい！

豪快に口に放り込んだステーキの肉汁が口にあふれた。シチューも濃厚でうまく、パンは焼き立てだ。野菜はただの草だ。あれは草だ。知らんけど。

田舎町の料理がどの程度か気になっていたけど、王都で食べていたものに負けないうまさである。

城での生活しか知らないのは、損だったかもしれない。

世界は俺の知らないことであふれているな。

やはり追放されたのはそう悪いことでもなかったか？

ただし、先ほどから嫌な意識を感じる。追放されてゆっくりスローライフを決め込もうとしていたのに、なんだろう。

トラブルの匂いがする。

俺に用がある？　なぜ。

明らかに素人じゃない男が3人、すこし離れたテーブルで意識だけでこちらを捉えるように座っていた。

「バレバレなんだけどなぁ」

これでも宮廷魔法師だったんだぞ。そのくらいあからさまに気配を窺（うかが）っていたら、流石に分かる。

せっかく美味しい食事だが、半分くらいしか存分に味わえなかった。

仕方ない。

なんの用か、誰の差し金か、気になるから早めに済ませておくとしよう。

あちらもそれをご希望だろうし。

飯屋を出て、俺は人気の少ない道を選んで進んでいく。

完全に人が居なくなった袋小路にたどり着いて、まだ姿を現さない3人に呼び掛けた。

「いいよ。そろそろ出てきたら？　あたりに人はいないみたいだし」

二人が剣に手をつけ、いつでも戦える態勢で出てくる。一人は物陰に隠れたままだ。

素直なことで。

二人近接で、一人は遠隔の魔法タイプ。

バランスのいいチームだこと。

「何の用？」

「……あなたには死んでもらう。恨んでくれるなよ」

「黒幕は吐いてくれなそうだね」

「当然」

会話は終了らしい。

二人が剣を抜くと同時に迫ってきた。

ものすごいスピードだ。動作にも無駄がない。

これは、素人じゃないのは確実。それに見たことのある構えだ。

「――騎士団の連中か」

「……」

当然返答はない。動揺したみたいだけど、動きは鈍らない。

けれど、剣が俺に届くことはない。

『バリア――武器破壊』

俺の前に現れた半透明の壁が二人の剣を防ぎ、剣を真っ二つに割った。甲高い音が鳴り響き、折れた剣の破片がくるくると回って地面に突き刺さる。

「悪いな。これでもバリア魔法のスペシャリストだ。そのくらいの攻撃じゃやられないね」

「……このくらいは想定内」

ほう、まだ作戦があるみたいだ。

「物理攻撃も、攻撃魔法も効かないと情報を得ている。しかし――」

物陰に隠れていた一人がようやく姿を現した。

「すでに魔法は発動している」

俺の足元に、魔法の呪文で描かれた円が浮かびあがった。

これは、重力魔法の詠唱紋だ。なるほど、動けなくすれば大丈夫だと踏んだわけだ。

しかし、ごめん。

『バリア――魔法反射』

俺の足元の魔法が彼らに撥ね返って、重力魔法で彼らを地面へと縛り付けた。

3人が重さに耐えられず、うつぶせに倒れる。

俺が今感じている重力の数倍の重さを感じていることだろう。

「……ここまでとは。バリアしか使えないはずだが!?」

「悪いな。俺は守りのバリアしか使えないんだが、もちろんいろんなバリアがある。わざわざ攻撃してくれるから、撥ね返しておいた」

「なっ。ただのバリア魔法使いと聞いていたのに……」

宮廷魔法師にバリアだけでのし上がった男だぞ。

攻撃魔法は防げて、デバフ魔法は防げない？　それじゃああまりに芸がないだろ。

魔法ならなんだって撥ね返しますよ。

「ほい、じゃあ雇い主を言って。大方、予想はついているけど」

「言えない」

「魔法を反射した時点で、この魔法は俺のだよ。俺が解除しない限り、ずっとこのままだけどいいの？」

「……くっ」

「まあいいか。どうせ騎士団長でしょ？　じゃあさ、あんたたちみたいな連中はまだいるの？　それだけでいいから教えて」

騎士団長が黒幕だというのは当たりだったみたいだ。

その名前を出した瞬間、３人の表情が一瞬変わった。

「ほら、辛いでしょ？　楽になっちゃいなよ」

「我らが失敗した以上、また追手はくる。あの方はあなたが復権しないように殺しておきたいらしい」

「ふーん、了解」

情報は得た。

魔法を解除してあげる。

もう彼らに用はない。

「……良いのか？　このまま俺たちを解放して」

「まあね。俺はバリア魔法使いだ。攻めはダメダメだけど、守りは得意だ。あんたたちくらいならいつでも相手になるよ。どうせ一生かけても俺に攻撃通りそうにないし」

「完敗だ。これが宮廷魔法師の力か」

そう、これが宮廷魔法師の実力。

そして何度も言うが、俺はこれ一本で食って来たんだ。

俺の魔法を突破した人物は一人もいない。これまで何度も実戦を踏んできたが、突破されたことは未だにない。

悪いが、守りに関して俺は最強だ。

だから国からバリアを張る仕事を受けたし、最強のバリアで国を守った。絶対にこの国に俺は必要だと思うんだけど、追放しちゃっていいの？

まあいいか。

「城に戻れば我らもどうなるか分からない。拾った命だ、このまま姿を消す。シールド様、今さらだがすまなかったな」

「じゃあな」

騎士団にもいろいろあるんだな。

好きにしてくれ。

どこに行ってくれても一向に構わない。走って退散して行く彼らの背中を見送った。

「さて」

歩き出した俺は、今後の行動計画を修正する必要が出てきた。

国にこっそり残る道は完全になくなった。

国内にいる限りずっと騎士団長の追手と戦うことになる。俺のバリア魔法を突破できる人間がいるとは思えないが、追われるのは鬱陶しい。

四六時中命を狙われるのは、メンタル面でとても疲弊しそうだ。

毒を盛られようが、呪いをかけられようが対処できるが、メンタル面は心配だ。最悪バリア魔法での対策はあるが、あれはしたくないし。

南の国、ミナントに行くのもなしだな。

ここからスタートするなら、もっとも想定しやすい道筋だ。

騎士団長からの追手も、南方面が一番多い気がする。

北のイリアスも大差ないだろう。

となると、あれしか……。

俺は大森林へと目を向けていた。

大木が生い茂る森、通称ドラゴンの森へと。

「あっちしかないよなー」

くっそ、一番ないと思っていた道を行かなくちゃいけないのか。

覚えてやがれ、騎士団長め。

虫が肩にのりでもしたら、いつかあいつをぶっ殺してやるから。

バリアで圧死させる。俺の唯一できる攻撃魔法だ。ま、俺ごときの身体能力に負ける奴なんてバリア魔法を使うまでもないんだけどな。

「虫、出てくれるなよ……」

俺は意気消沈しながらも、他に選択肢がないので仕方なくドラゴンの森へと足を踏み入れたのだった。

三話 ―― ドラゴンより虫。バリア魔法でどうにかなるなら怖くない

「ぎゃあああああああ」
腕くらいのサイズがある巨大芋虫が肩に落ちてきて、俺は人生でかつてないほど大声で叫んだ。

森に入る前に、おじいさんにドラゴンの森へ入るのかと尋ねられて、そうだと答えたのが数時間前のこと。

ドラゴンの森では声を出さずに進むようにと、親切心で再三言われたのだが、さっそく言いつけを破った。

だって無理！　インドア派の魔法使いだったのに、森自体無理！　その上規格外の芋虫出現で、叫ばずにはいられない。

「いやあああああああああ」

今度は目の前を巨大な羽虫が飛んでいった。

一度血を吸われたら、枯れるまで吸い尽くされちゃいそうなサイズだ。

「でやああああああああああ」

なんかでっかくて固い虫を踏んだ。岩かと思ったら虫！

もう嫌。泣いちゃう。

俺もう、限界かも。

追放って辛い。城に帰りたい。

「あっ、ドラゴン」

今度は大木の幹に爪を食い込ませて、こちらを窺う黄金色に輝く鱗を持ったドラゴンがいた。滑らかな黄金の鱗は、職人が磨き上げたかのように美しく光っている。その体は、ヘレナ国に置いてきた俺の自宅よりも大きかった。一般的な４人家族が暮らせる立派な一軒家だったのに……。

「なんだ、ドラゴンか」

虫じゃなくて良かった。

足元に気を付けながら、歩きにくい獣道を進んでいく。

正しい道も知らず、地図も買ってなかったことを途中で思い出して、自分があまりに準備不足だったことを、今さらながらに実感した。

ただでさえインドア派なのに、俺はなんて馬鹿なことを。

「我を無視とは、面白い人間だ」

なんだ?

野太い声が聞こえた。

見渡す限り巨大な木が生い茂るこの森で、なぜ人の声がした?

上か。

視線をあげてもう一度見てみるが、やはり人などいない。

「こっちだ」

声はドラゴンからのものだった。

驚いた。

たしか、昔に書物で読んだことがある気がする。

魔物の中でも上位種の限られたわずかな存在は、人の言語を操ると。

「お前、凄いドラゴンなのか」

改めて見ると、黄金に輝く鱗といい、体をめぐる魔力といい、ただならぬ雰囲気を感じた。

虫ばかりに意識を奪われ、今更な感想になってしまった。申し訳なく思う。

「今さらか。まずい人間の肉など食えたものじゃないが、お主は面白い。故にこの最強種であるバハムート自ら食らってやろう」

「いや、勘弁してくれ」

木の幹にしがみついていたバハムートが翼を広げた。

次の瞬間、木の幹を強く蹴ってこちらへと大口を開けて迫ってくる。

バキリと砕けて折れる大木が、視線の奥に見えた。

助走だけで大木の幹を折るとか、どんなパワーだ。

迫りくるドラゴンと俺の間にバリアを展開する。

『バリア――物理反射』

ガコンとけたたましい音と衝撃が生じた。

ドラゴンはバリアを突破できず、俺の前に展開されたバリアに撥ね返された。

後方へと吹き飛ばされていくドラゴンが、大木をなぎ倒しながらその勢いを徐々に減らしていく。

どんなパワーだよ。

その桁違いな存在にドン引きだ。

しかもバリアに顔から突っ込んできたので、物理反射のダメージが顔にもろに入っているだろう。

いたそー、そんな感想を抱いた。

「何が起きた……?」

野太い声でドラゴンが尋ねてきた。

「バリアで撥ね返しただけだけど」

「撥ね返した?　見えぬ壁があったのは確か。それを破れなかっただと!?　この我が!?」

まあバリアだからね。

守りの魔法が破られちゃいかんでしょ。

こちらとて、これ一本しかないのだ。バリアが破られたら全てを失ったも同然。

ドラゴン程度には破れないよ。

「何かの間違いだ」

ドラゴンが起き上がって、今度は上空に飛び立った。

空からの急襲である。

角度の問題ではないんだよな。

あれだけ痛い目を見たのに、工夫のないやつだ。

バリアの向きを変えて、もう一度その凄まじいパワーをそのままお返ししてやった。

『バリア——物理反射』

またも顔からバリアに突っ込んできたドラゴンが撥ね返された。

しかも今度は上空から先ほどとは比べ物にならないスピードで突っ込んできたものだから、空高くまで撥ね返される。

「うわー、だいぶ行ったな」

バリアにぶつかった瞬間、首が仰け反っていたけど、大丈夫か？　ドラゴンの首ってあんな角度に曲がるものなのか!?　骨、いってない!?

空から白く鋭い物体が落ちてくる。

おそらくドラゴンの牙。地面に刺さる様は、空から巨大な槍が降ってきたかのようである。

続いて黄金の鱗も何枚かパラパラと落ちてきた。

あんな勢いで突っ込んでくるから。綺麗な鱗がもったいない。

鱗に続いて空から落ちてきたドラゴンが、地面にぶつかる直前に翼を羽ばたかせて、綺麗に着地した。

あれだけの衝撃を受けて、まだ意識があるのか。

しかし、牙の折れた口からは血が滴っていた。

「なぜだ。なぜ人間ごときの魔法を突破できぬ」

「そういうものだからね。突破されるバリアって、バリアじゃないよね」

「なっ!?　ただのバリア魔法だと!?　なぜこれほどまでに固い。あんな初歩の魔法が、なぜこれほどまでに成熟しきっている」

「10年毎日バリア魔法だけ使って来たんだ。こうなっても不思議じゃないだろ」

これしかなかったからな。

コツコツ頑張ったんだよ。本当に。

地味に毎日バリアだけを張り続けた10年。この地味さが分かるか!?

「あり得ぬ。なんという才能。しかし、突破口がないはずはない！」

ドラゴンが再びその大きな口を開ける。口の周りに凄まじいエネルギーと眩い赤い光が集束する。

まぶしくて目をすがめる。太陽を直接みる感覚に近いだろう。

何かくる。

『バリア――物理反射』

先にバリアを張っておいた。

相手の出方が分からない以上は、先にバリアを張っておくに越したことはない。

集束しきった光をドラゴンがパクリと口に含み、再度口を開くとそこから一直線に光線を吐き出した。

バリアとぶつかるまで、１秒もかからなかった。

見た目は光線だが、バリアとぶつかり合って辺りに赤いものが散っていく。

はじめは炎かと思っていたが、良く見るとそれはほとんどマグマに近い物質だった。なんちゅうものを吐き出してんだ、この生物は。

それにしても、ブレスが反射されない。

バリアが突破される気配はないのでこのままでもいいのだが、ドラゴンの生態を調べるいい機会だ。

『バリア――魔法反射』

バリアの性質を変えてみた。

他に使える魔法が一切ない俺だが、バリア魔法だけは変幻自在、器用に使いこなせてしまう。

性質を変化させたところ、ブレスが撥ね返される。

ブレスの横を掻い潜るように進んでいく反射ブレスがバハムートの体を捉えた。

「グラアアァァァァァッ‼」

辺りにドラゴンの叫び声が響く。

声というより、振動だ。辺りが揺れるような錯覚を感じさせる程のドラゴンの悲鳴。

なんだこいつ、ドラゴンにしてもちょっと規格外すぎないか⁉

「人間ごときが……」

マグマに覆われて、ドラゴンが小さくなっていく。

溶かされているのだろうか？

案外脆いものなんだな、ドラゴンの最強種も。

「まっ、それだけ自身のパワーが凄まじいってことか」

俺に全力でぶつかってくるから。

何もしなければ、俺はただのバリア魔法使いだ。お互いに何もなくこの場をやり過ごせたはず。

「さて、ドラゴンが作ってくれた道を行くかな」

もう獣道は勘弁だ。

ドラゴンが大木をなぎ倒して、道を平坦にしてくれた方向へと向かおう。

どうせ道が分からないんだ。ならば、楽な道を行こう。

進んでいくと、撥ね返したドラゴンのブレスが辺りに散らばっていて、まだ燃え続けていた。

乾燥する時期でもないし、森に燃え広がることもないか。

ここら一帯の気温が上がっている気がする。

改めてどんなものを吐き出してんだよ、バハムート。魔法ってより、災害に近いな。

視界の先に、ひときわ大量のマグマ溜まりを見つけた。

位置的に、反射ブレスがドラゴンを飲み込んだポイントだ。

遠くからだと臨場感がなかったけど、近くから見ると結構ぞっとする光景だった。

こんなものを大量に浴びていたのか。

そりゃドラゴンでも一溜まりもないな。

「よっこらしょっ」

「はっ!?」

マグマの中から声が聞こえた。

少し固まってきたマグマを持ち上げて、ぽいっと傍に投げて、マグマの中から一人の少女が出て来た。

金髪と同じだけまぶしい金色の瞳をした、かなりの美少女だ。少し大きめの口が、活発そうな印象を与える。そして、なんとその背中には黄金の翼が生えていた。更に更に、なんと裸である。

なんだこれ？

「おう、おぬし。さっきはようやってくれたな」

「えっ、誰？」

　こんな美少女、知らないんだけど。

「我じゃよ、バハムート。久々に人間の姿になったけど、まあこんなもんかな？」

「バハムート!?　さっきのでかいドラゴンか!?」

「そうじゃ。魔法で人間の姿になったわい」

　凄い。そんな魔法もあるのか。

　バリア魔法しか知らない俺にとっては、未知の世界だ。

　しかし、普通に話している場合じゃない。

「とりあえず、服を着てくれないか？」

「そうか。人間はそういう生き物じゃったか。仕方あるまい」

　少女が指を立てると、彼女の体に綺麗なドレスが現れた。どこかの令嬢だと言われてもおかしくないくらいに、綺麗な容姿と佇まい、そして美しいドレスだ。

「ここ、森だぞ……流石に変だ」

「あまり多くを要求するでない」

　それもそうか。けれど、こんな大森林をドレスで歩く令嬢なんていないよな。しかも翼まで生えているし。

「……まあ、いいか」

「そうじゃ、そうじゃ。お主どこへ行くのじゃ？　興味が湧いたからついて行こうと思う」

「俺に？　なんで？」

「そうじゃ。食えなかった人間は初めてじゃからのう。ドラゴンの森は食べ物がうまいが、流石に飽きた。しばらくは人間の世界を見て回っても良いと思って」

うーん、そう言われても。

俺自身がどこに向かっているのか分かっていないからな。

「方角、分かるか？」

「当たり前じゃ」

そうか。ならば、旅は道連れ、世は情けってね。

「来いよ。一緒に行こう。ちょうど一人で退屈してたんだ」

「そうか、なら先を行くがいい。わしは少し準備があるのでな」

「ん？」

なんだろうとは思ったけど、言う通りにしておいた。

先に歩き出すと、後ろから殺気を感じた。

首だけで振り返ると、すぐそこに大口を開けた少女の姿をしたバハムートがいた。

「もう遅い。油断しおって」

ギラリとその黄金の目が光る。がぶりと噛みつかれた。

まさか、こいつまだあきらめてなかったのか!?

けどな、バリア魔法しか使えない俺に抜かりがあるはずもなく。

「悪いな。体にも見えないバリアを常時張ってるんだ。一応のためだったけど、はじめて役に立ったよ」

「こんのおおおおお!!」

『バリア――物理反射』

ガコンと少女姿のバハムートが吹き飛ばされた。

小さな歯が折れて、宙に舞ったのが見えた。

吹き飛ばされて立ち上がったバハムートは少し涙目だった。

こちらを睨んでいる。

なんか、俺が悪いことをしたみたいだ。

「おい、行くぞ」

「……うぃ」

拗ねながらもついてきた。

一緒に旅をしたいと言いながら、本当は俺を食うつもりだったか。

今後も油断できないな。

後ろで涙目で前歯のかけたバハムートは、歯の生え変わる年頃の少女みたいで、少しだけ可愛らしかった。

「おい、そっちは違うぞ。直ぐにふらふらしおって」

「そうなのか。サンキュー」

バハムートに道案内を頼んだのはいいけど、虫がやたらと多くてそれに反応していたら、道を進み間違えてしまっている。

前を歩いてくれればいいのに、バハムートのやつはまだ俺のことを食べたいらしく後ろを常に歩いている。

物理反射で撥ね返して歯を折ってやったというのに、全然懲りていないらしい。

横目で確認するが、やっぱり涎を垂らしているような……。

「3日で着くって本当か？」

「本当じゃ」

「そうか」

もう2日も歩いている。

予定通りならあと一日で着く。たどり着かないと困る。

だって、食料がもうほとんどないからだ。

1週間分も用意したはずの食料は、後ろの美少女にほとんど食べられてしまっていた。

『人間のものは美味しくない』とかなんだかんだ文句を言いつつ、俺の保存食をほとんど食べる姿の憎たらしいこと。

『人間の料理は数百年ぶりじゃから、珍しくて食うてるだけじゃ』とかいう言葉も腹が立つ。美味しいなら素直に美味しいと言えばいいのに。

俺の分がなくなるのが嫌なので制御しておいたが、放っておいたら今頃食料は尽きていたに違いない。

『スープは喉が渇いているだけじゃ。こんなもん生き血に比べればなんてことはない』は本音な気がした。ドラゴンは怖い生き物です。

しかもわがまま。

とにかく、旅は道連れとか思ったけど、相棒は思ったよりも食費のかかるドラゴンだった。

「バハムート……。ちょっと長いな、他に名前はないのか？」

「数百年前はフェイと呼ぶ者もいたな」

「じゃあ俺もフェイって呼ぶ」

「好きにせい」

フェイ、こちらのほうがだいぶ呼びやすい。

はやめに聞いておくべきだった。

森を抜けた先には、エーゲインという街がある。ウライ国の辺境にある街だが、結構栄えていて人が多いらしい。

本来ならドラゴンの森に隣接しているので発展しづらいらしいが、フェイのやつはこの数百年人に迷惑をかけていないので街が順調に大きくなっているとのことだ。

なぜフェイを始めとしたドラゴンが街を襲わないかというと、単純に人間はやはりまずいらしい。

このドラゴンの森で食べられるものが美味しいのに、わざわざ外に出て人間と争う必要もない。

それに賢いドラゴンは人間の厄介さも同時に理解している。

手を出せば報復があることを知っているのだ。

それを恐れていないのは一目で分かるが、厄介なことは嫌いなんだろうなというのも、短い付き合いで分かったことだ。

「はやく行こう。俺も風呂に入りたい」

「そっちは違うぞ！」

……俺は思ったよりも方向音痴らしい。

フェイと出会っていなければどうなっていたことやら。

二人きりの森での生活はそろそろ終わりにしたい。

ここではプライバシーというものがないのだ。

ドラゴンと人なので恥ずかしがる必要もないのかもしれないが、それでも用を足しているのをジロジロと見られるのはとても恥ずかしい。

見た目は人間の美少女なので、なんていうプレイだよ！　と毎回思ってしまう。

見るなと言っても見てくるやつなので、本当に困ったものだ。う○こくらい一人でさせて！

デメリットはそのくらいで、一応役にも立っている。

道案内はもちろんのこと、フェイがいるだけで他の魔物が一切寄ってこなかった。

雑魚はもちろん、ドラゴンも寄ってこない。

生態系に詳しくはないが、フェイは自称最強種のドラゴンだ。

本当か疑わしかったが、この様子だと本当なのかもしれない。

「なんじゃ?」

「いや、なんでも」

横目でこっそりと様子をうかがっていたのがバレてしまった。

勘の良いやつめ。

森を更に一日進むと、フェイの言う通り本当に街が見えた。

「エーゲインだ!」

全て情報通りで、確かに栄えた街だった。

うおおおっ、街を人が行き交う。活気のある土地だ。ここでいい。ここならやれる。

ここで、俺は第2の人生を始めるんだ。

「腹が減ったのう。何かを食わせろ」

後ろの小娘がうるさい。

さっそく仕事を探さねば。

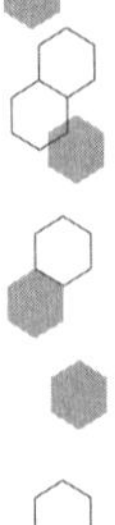

「これは、これは！　ようこそおいでなさいました。シールド・レイアレス様とお連れのフェイ様ですね」

「はい、お声掛けいただき感謝致します」

俺とフェイは、エーゲインの街にたどり着いた3日後、アルバート辺境伯の家で仕事を得ることに成功した。

今も辺境伯自らが俺を出迎えて歓迎してくれている。

ううっ、ようやく仕事が手に入った。

ここに至るまで、それ相応の苦労があったのだ。

後ろの小娘は働くことをせず、ただ貪るだけ。

日々お金が溶けていき、宿に泊まる金もなくなる。

魔法を使えるなら冒険者になればいいと言われて始めた冒険者生活は、初日に最底辺の魔物討伐に失敗してしまい、ダメ冒険者の烙印を押されてしまった。

「なんじゃお主。わしには勝てたのに、あんな雑魚には勝てないのか」

とフェイに見下されたのも悔しい。

俺はバリア魔法しか使えないからな。

相手が逃げ回るだけの雑魚魔物だと、どうしようもない。逃げる相手を俺が仕留める手段は……ない!!　俺は弱い!!

知識が乏しく薬草採取も碌にできず、討伐はフェイのやつが協力してくれない。それどころかフェイを見た瞬間に野生の勘で逃げていく始末。冒険者の受付嬢にも見放され、俺の第2の人生が詰んだと思われたその瞬間、懐に収めた最強のアイテムを思い出した。

宮廷魔法師であることを証明するための金の懐中時計。

ヘレナ国擁する10人の宮廷魔法師は非常に有名だ。他国がそれを知っているかは怪しいが、ここはヘレナ国と近い辺境の街エーゲイン。可能性はあると思って、貴族に伝手（つて）のありそうな人を尋ね回った。

宮廷魔法師を雇う貴族はいないかと聞きまわったところ、一番の大物である辺境伯が釣れてしまった。

俺の金の懐中時計が本物だと分かり次第、破格の条件で娘の家庭教師を頼まれたのだ。

……涙を流したのはいつ以来だろうか。

ほろりと流れたうれし涙を、俺は忘れることはないだろう。

そうして話がとんとん拍子に進み、こうして俺は辺境伯の歓迎を受けるに至る。

娘さんは街でも有名な天才魔法使いらしい。

唯一の悩みは、そのあまりの才能に魔法を教えることのできる人がいない点だけらしい。

それでようやく娘に指導のできる宮廷魔法師を見つけることが出来て、辺境伯も大喜びという訳だ。

うーむ、まずい。非常にまずい。

俺は間違いなく宮廷魔法師だ。金の懐中時計もホンモノ。

嘘偽りなく仕事を得たはずなのに、なんだろうこの罪悪感は。

娘さんは天才魔法使いでしょ？

ということは、新しい魔法や、魔法の精度を高めることを俺に求めてくるのだろうか。

しかし、俺にできるのはバリア魔法だけなんだ。

本当にそれだけ。

うーむ、これ、まずくね？

先行き不安な中、辺境伯に食堂へと案内された俺たちは、長卓一杯に並ぶ食事によだれが溢れた。

不安な気持ちが吹っ飛んだ。もう脳みそが働いていない。

なにせ数日間まともに飯を食べていない。頭の中は食欲で満たされた。

正体がばれて、天才魔法使いの娘さんにクビにされる前に、俺たちはがっつくことにした。

「フェイ、全部食え！　死ぬまで食え」

「言われんでも食うわ。お主についてきたおかげで、飢え死にするところじゃった。まずい人間なんて食えたもんじゃないし、ついてきたことを後悔していたところじゃ」

ついてきたのはそっちなのに随分な言いようだ。

けど、今はそれどころじゃない。

いいから詰められるだけ詰めろ！

肉から食え、肉！　高そうなものから食うんだ。ここは辺境伯の家、遠慮することはない。どんだけ食っても、ただだぞ！　酒も行っとけ！

「し、シールド殿。……大層な食いっぷりで」

「おかわりはありますか？」

「ええ、もちろんですよ。それよりも、娘のことについて話したいのですが」

「これ旨い！　もっと！」

「はっはい。お連れの方も元気でいらっしゃる」

辺境伯の機嫌なんてとってらんねー。今しかねえ！　食うしかねえ！　めぇし！

その時、食堂の入り口を通り過ぎる女性の姿を見た。

切れ長の美しく冷たい目をした女性だった。一瞬だが、その美しい紫の目が俺の目と合った。

人を見下した目つきだった。

「なるほど……」

すさまじい魔力量。

天才魔法使いという評価は、親バカではなかったという訳か。

……こーれ、まずいです。

頭良さそうだし、魔力凄いし、教えることないぞ。本当に。

明日、俺たちはクビになるかもしれない。

やはり食い続けるしかねえ！　めぇし！

四話――バリア魔法の英雄がここにいるわけない

いよいよクビになるときが来た。

いや、クビになると決まったわけではないんだけれど。

天才魔法使いである辺境伯の娘に家庭教師をする時間だ。

中庭で日に当たりながら紅茶を飲んでいたご令嬢と、初めて正式な面会をする。

俺とフェイは泊まり込みなので、今日からいくらでも会う機会はあるのだが、辺境伯を介して一度正式に紹介してもらえるみたいだ。

「アメリア、こちらへ。今日から家庭教師を担当して下さるシールド殿とフェイ殿だ。喜べ、二人はなんとヘレナ国の宮廷魔法師だったお方なのだ。お前の才能を伸ばせる方が我が屋敷に来て下さったのだぞ」

「まあ、お父様！　ありがとうございます。このアメリア、父様の配慮に感動の涙が出そうです」

「あっははは。そうか、嬉しいか。とにかく、二人にしっかりと教わるといい。アメリアの将来の夢が叶うようにな」

「はい。ありがとうございます、父様」

二人の仲睦まじいやり取りに、なんだか第一印象からズレてきた。

食堂からちらりと見えたアメリアの印象は、今の明るいお嬢様とはだいぶ違ったから。

……これ、クビにならないかもしれない。

なんかふんわりと良い感じに、騙し通せるかもしれない。俺とフェイはまだこの飽食の屋敷にいられるかもしれない。

「はい、じゃあ何者かさっさと正直に言って。そしたら痛い目にあわせずに、上手に追い出してあげるから」

「え？」

俺は思わずフェイの顔を見て、助けを求めた。

アルバート辺境伯がにこやかにこの場を去った後、ご令嬢の態度が急変した。

先ほどのニコニコとした笑顔は消え失せ、今は椅子にもたれ掛かって怖い視線で俺を見つめてくる。

口調もなんだか違う。

最初に見た雰囲気通りの人物に戻っていた。

クビにならないかもという話、あれはなしになりそうだ。

銀色の髪を風になびかせながら、その紫色の強い視線で彼女は俺をにらみつけている。

「何者って、アルバート辺境伯からも紹介されただろ。ヘレナ国の宮廷魔法師で、フェイは俺の付き人だ。家庭教師を頼まれて、君に魔法を教えに来た」

「ふーん、それは建前でしょ？　金の懐中時計はホンモノみたいだから、どこかで拾ったの？　それとも買った？」

「うっ」

視線が怖すぎる。口調もきつくて尋問を受けているみたいだ。

「父上は良い人よ。あの人の前で詐欺師を糾弾したら、騙された自分を責めちゃうような人だもの。だから私が暴いてあげる。痛い目を見たくなかったら、全て正直に言いなさい」

全てか……。

まあ、ここで良い給料を貰って働いていくためだ。

俺は全て正直に話すことにした。

「えっと、ここからも見えるよな？　ヘレナ国を覆う巨大なバリア」

「ええ、当たり前でしょ？　見えなくてもヘレナ国を覆う聖なるバリアは、大陸の常識としてみんな知っているわ」

ほう、そんなに有名なのか。

そりゃそうか、国を覆う程の巨大なバリアだもんな。

人の行き来は可能で、武器や魔法具だけは一部の開放した部分からしか出入りできないバリアだ。

俺の人生でも、最高傑作のバリアである。

作るのにどれだけの時間と労力をかけたと思っている。

「あれ、俺が作ったんだ」

「は？」

「だから、ヘレナ国を覆うバリアがあるだろ。あれは、俺が作り上げた史上最強のバリアだ」

「戯言もここまでくると、少し笑えるわね」

たっ、戯言!?

全て正直に言えと脅されたから、全て正直に言ってるだけだぞ！

目の前のアメリアご令嬢は見たところ、16歳かそこらか。俺より少し年下だ。年長者には礼儀正しくしろ！　と心の中で反抗しておく。

口にするのは、なんか怖いのでやめておく。

「いい？　ヘレナ国10人の宮廷魔法師は、大国ヘレナの1000万人を超す国民の最高位に立つ魔法使いよ。軽々しく名乗らないで頂戴。その高名は我がウライ国にまで轟き、特に聖なるバリアを張ったあの方は別格の存在……。私の憧れの魔法師でもあるの。次、気安く名乗ってみなさい？どうなるか思い知らせてあげる」

どうなるのか、思い知らされちゃう！

でも、正直に言ってるだけなのに！

「ウライ国の人間も10人の宮廷魔法師に憧れているんだな。なんか、照れる。ありがとうな」

「出身国に制限はないはずよ。有能なら誰でも受け入れる。私もいずれあの輝かしい方たちと肩を並べるの。詐欺師に時間を費やしている暇はないのよ」

確かにみんな凄い魔法使いだった。

アメリアから感じる魔力のオーラは、彼らに近いものがある。

彼女は真っ直ぐ育てば、宮廷魔法師になれる器だと思う。家庭教師がちゃんとしていればだが……。

「さあ、そろそろ白状したら？　自分が何者かを」

「……さっきも言っただろ。俺はあの10人のうちの一人なんだよ」

宮廷魔法師の、つまり自分の名前はもう一度名乗ることはしなかった。

クビにされたくないので！

辺境伯はすでに紹介してくれたが、たぶん彼女は聞いていないだろうな。

「はあー、しょうもない人ね。まだ嘘をつくつもり？　じゃあ、あなたが本当に宮廷魔法師だとして、なぜこんなところに？　歴史に残る聖なるバリアを張ったシールド様だとして、なぜよその国で食うに困る生活をしているの？」

ごもっとも過ぎて俺も聞きたい。

「追放されて。バリアが強すぎたみたいで、政治面で俺が邪魔になったらしい」

「嘘が下手なのよ、あなた。国の英雄を追放する馬鹿がどこにいるの！」

「だっ、だよな？」

なんか初めてこの気難しい令嬢と分かり合えた気がする。

追放された俺悪くないよな？　あっちがおかしいよな？

「あんたと話しているとむかつくわ。馬鹿すぎてね。つくり話ももう少しまともなものにしたら？

くだらない、もう私の目の前から消えて！」

「そうはいかない。こっちも仕事で来ているんだからな」

家庭教師を放棄したと辺境伯にバレたら、それこそ職務怠慢でクビになりかねない。

こちらはフェイに安定した食事を供給しつつ、俺自身も安定した高収入が欲しいんだ。

仕事は真面目にこなさねば！

「おい、フェイ。お前からもなんか言ってやれよ」

「なんで我が。こんな気難しい小娘を説得できるはずもなかろう」

くっそ、食うだけ食って、仕事は手伝わない気か。

一緒に飢えた仲間だろ！

「とにかく、あなたの指導なんて受けないわ。せいぜい端っこで大人しくしててちょうだい。私の邪魔をして、魔法に巻き込まれても知らないから」

「お、おう」

一応、見守ってたら仕事したうちに入るだろう。

たぶん。仕方ない。これくらいしかできそうにもないし。

フェイのやつも大人しいもので、言い返しもしないし、日に当たって大の字で寝転がり始めた。

俺だって食べすぎたから昼寝をしたいが、一応見守らなければ。

マジックドールというアイテムが中庭に設置されていた。

魔法への耐久値がとても高いマジックアイテムで、頑丈なものはかなり良いお値段がする。

そのマジックドールが、既にボロボロになっていた。

「ほう」

俺が城で見たマジックドールでも、ここまでボロボロになったものは見たことがない。

彼女は毎日あれに向かって魔法の練習をしているのだろう。

宮廷魔法師になりたいっていうのは、本気らしい。

彼女が魔法を使い始める。

あらゆる属性の魔法を、高熟練度で繰り出す。

苦手なものはなさそうだ。

攻撃魔法だけでなく、付与魔法も可能で、どちらも恐ろしいセンスだ。

しかも、回復魔法まで使う。

これだけ器用に魔法を使い分ける人間は、宮廷魔法師序列最高位のあいつ以外に俺は知らない。

アメリアが一通り魔法を使い終えて、息切れする。休憩に入ったとき、俺は思わず手をパチパチと叩いて彼女を褒めたたえていた。

「凄いじゃないか！」

「……話しかけないでちょうだい」

「うっ」

にらみつけてくる視線がとても怖いです。

横目で見てくるあの目は、ほとんど殺し屋と変わりない鋭さを持っていた。

うーん、本当に俺から教えることがないくらいのセンスだ。

見た感じ、才能だけじゃなく努力も惜しまないタイプ。

しかし、マジックドールがあれほどボロボロになるのは、他にも理由があるような。

彼女の唯一の弱点とも思える点とも一致する。

彼女は実戦経験が乏しい。おそらく命をかけて戦った経験はゼロに近いだろう。

俺が家庭教師として、彼女に教えてやれること……あるかもしれない。


「アメリア、来いよ。家庭教師として、俺が実戦経験ってやつを叩き込んでやる」

クビにならないために、そして彼女の弱点を補ってやるために、俺は名乗り出た。

ちょっとだけかっこよかったんじゃないだろうか。

アメリアも少し驚いた顔で俺のことを見ていた。

意外だったのだろう、俺が真面目に仕事をこなすのが。

「詐欺師がそんなことできるの？　死んでも知らないわよ。以前の家庭教師もやたらと理論ばかりこねくり回して、実戦の段階で逃げ出してたわよ」

なるほど。

そういう過去があったのか。

そいつコロス！

俺に対する風当たりの強さは、その詐欺師故だった。

俺の安定高収入を脅かす者はバリアで押しつぶす。

「良いから来いよ。俺は理論よりむしろ実戦派だ。俺の言葉に真実味がないってのは理解できる。だから、その体に教えてやる。宮廷魔法師の格ってやつをな！」

格好良く決まった。

自分でも信じられない程、風格が出ているんじゃないだろうか。

最初から取り繕う必要なんてなかったな。

俺は詐欺師じゃない。実力を見せてやれば一発だな。

「……いいわ。けど、今日はもう魔法を存分に使ったし、詐欺師と言えども殺したら目覚めが悪いわ。格闘家として相手をしてあげる」

「格闘家!?」

無理、無理!!　宮廷魔法師だけど!?

「ヘレナ国最高魔法師10名にもなる方が、格闘術の一つも使えないなんてことはないわよね？」

あるけど！

普通に毎日引きこもってバリア魔法だけを磨いてきたけど！

こちらの実力を見せるつもりが、予想外の展開だ。

「おい、フェイ。格闘ならお前に任せていいか？」

庭で日を浴びているフェイに話を振ってみたが、手をひらひらさせて断られた。

「ここの飯は結構うまい。その小娘を殺してしまっては元も子もないじゃろう」

フェイだと強すぎるという訳か。

見た目は少女だが、巨大なマグマの塊を投げ飛ばすもんな、こいつ。

本当に殺してしまう可能性があるので、しつこく頼み込むわけにもいかなかった。

「まさかこんな小娘相手に負けたりしないわよね？」

アメリアは随分と自信家だ。日々努力している自負があるのだろう。その目には、自身を疑った色は一切なかった。

うーん、負けはしないが、勝てる気もしない。

どこまでも俺の業はついてまわるらしい。

両者構えて、といっても俺は素人なので適当に拳を構えただけ。

見合って、試合が始まった。

相手の動きの速さにはなんとかついて行ける。

実戦経験は結構あるからね。

けれど！　この女、マジで強い！

体の動きがしなやか且つとても速い。

直ぐに距離を詰められ、顔面に綺麗に蹴りが入った。

常人なら耐えられない威力だろう。常人ならね。

「……っ!?」

けれど、痛がってその場にうずくまったのは、アメリアのほうだった。

悪いな、俺は全身を覆うバリアを常に張っているんだ。

これは自分の身を守る最終手段なので、相当力を入れて作り上げたバリアだし、寝る前に毎日手入れしている。

最強のドラゴンであるフェイですら噛み切れない堅さだ。

悪いが、少女の蹴りの威力でどうこうなるものではない。せめて魔法くらい使ってくれないと。

「なんていう骨の堅さしてんのよ!!」

骨じゃないけど、脛にバリアが当たったように見えた。

あれはいたそー。想像するだけで、鳥肌が立つレベルだ。

「動きは素人同然なのに、体だけ異常に堅い！　なんなのよ、本当になによこの堅さは！」

……これが宮廷魔法師の力だ！　とは、ならないよなー。

「くぅー、もう一本よ」

当たり所が悪かったと思ったらしい。

俺としては断る理由がないので、もう一本試合を始める。

やはり動きは秀逸で、素でやれば俺に勝ち目が万に一つもないように思う。

そして、顔面への攻撃フェイクから、俺のガードが顔周りに上がったのを見計らって、がら空きのお腹へと拳を叩き込まれた。完璧な格闘術だ。

けど、結果は……。

「あっ!?」

拳をかばうようにアメリアがうずくまった。

遠慮なしに殴るから……。

本当に殺意の籠ったパンチだった。それ故に、本人へのダメージもでかいだろう。

骨に当たらないようにお腹を狙ったんだろうけど、骨どうこうの話じゃないんだよなー。バリアだから。

「……どうなってんのよ。毎日鉄でも食べてるんじゃないでしょうね!?」

食べてこんな堅さになれるなら、ちょっとやってみようか悩む。

バリアのことは言わない方がいいよな。ズルとか言われそうだし。

ちょっとズルっぽいけど、俺がバリアを解く理由はないよな。向こうからの格闘術の提案であって、俺は魔法バトルがしたかったからね!

「俺の勝ちでいいよな。俺に勝てていない以上、家庭教師をクビにはさせない!」

「言ってることがダサすぎるのよ。いいわ、まだここに置いてあげる。次は全力で戦ってあげるわ。それだけ堅いなら、私の魔法で死ぬこともないでしょうし」

「よし、そうしよう!」

俺は拳を握りしめ、今日の糧を勝ち得たことを喜んだ。

「フェイ、俺達まだここにいていいらしいぞ。今夜も食べ放題だ、風呂もある!」

「うむ、良きにはからえ」

フェイのやつも満足げだ。

食費は辺境伯持ちなので、ここで腹いっぱい飲み食いしても俺には一切の負担がない。実質宴だ。

人間のものは気に食わないと言いつつ、誰よりも食べるあのドラゴンは人の金で食べさせていかないと。

訓練が終わる。

痛んだ場所を庇いながら屋敷へと歩いていくアメリアの背中が少し寂しげだった。

格闘術とはいえ、敗北したのは初めてだったのかもしれない。

彼女に実戦と悔しさを植え付けられたのなら、俺の目的通りだ。

あれ？　立派に家庭教師をしている気がする。

「アメリア！　明日からも面倒見てやる！　俺がいる間、常にお前の実戦相手になってやる」

「……うっさい、詐欺師。直ぐに追い出してやるから、待ってなさい」

「へっ」

やってやろうじゃないか。

安定高収入を守る俺VS詐欺師まがいの宮廷魔法師を追い出したい令嬢。

家庭教師として、ビシバシきつくあたってやるぜ。

と思っていたのに、次の日、庭にはアメリアのやつが来なかった。

何事かと思っていると、屋敷の侍女から事情を聴くことが出来た。

「体調を崩した!?」

あのアメリアが？

いかにも年中全力で生きてます。弱者は死んでくださいみたいな女が、体調を？

なんだか裏があるんじゃないかと思って、直接室内を見せるように要求した。

当然侍女に静止されたが、修業の大事な段階なのだと言えば、彼女も強くは出れなかった。

これが職権乱用である。

アメリアの部屋に入ると、その大きなベッドで確かに寝込んでいた。

しかも聞いていたよりもひどい熱で、悪夢にうなされているじゃないか。

濡れたタオルで頭を冷やしているが、こんなのあってないようなものだろ。

「仕方ない。俺が治療するがいいか？」

「しかし……」

「任せろ。俺はヘレナ国の宮廷魔法師だぞ」

免罪符のごとく金の懐中時計を見せつける。

困ったときはこれだね。本当に便利。

彼女の額を触ってみると、かなり熱い。

負けが思ったよりも彼女の精神を乱したのだろうか。プライド高そうだもんな。

そして腕を庇っているようにも見えたので、侍女に手伝ってもらいながら手を見せてもらった。

「やっぱりか」

昨日少し違和感を感じていたが、手首が折れていた。内出血で腫れ上がり、普段の倍くらいのサイズになってしまっている。

「手伝おうか?」

声の主はフェイだった。

部屋の外からこちらを気にかけていた。

あいつほどの魔法使いなら回復魔法を使えたりするんだろうな。

けれど、必要ない。

家庭教師は俺だからな。

「いや、任せろ」

彼女の体を覆うように、バリアを張っていく。

『バリア——回復付与』

バリアはこんなこともできてしまう。

彼女の体を覆ったバリアが、癒しを開始する。

なにせバリアに包まれた空間は、聖なる空間になるからな。

天然の癒し効果は怪我や病気を治し、より健康的な状態にしてくれたりもする。

バリア魔法最強である。

あとはこれで一日安静にしていれば、彼女と明日から実戦の訓練を始められるだろう。

「ちょっと顔を貸してちょうだい」

今日も飯を詰め込んでいる俺とフェイだったのだが、アメリアお嬢様から怖い顔で呼び出された。

もうすっかり体調は良くなったらしい。

一日じっくり寝て、俺お手製のバリアも張っておいた。ちゃんと効果があったみたいだ。バリア魔法、なんて便利なのでしょう。

「侍女から聞いたわ。あなたが治療してくれたんですってね」

「まあな。大したことはしていないけど」

家庭教師として最低限の仕事をしたまでだ。クビにならないためのポイント稼ぎと言ってもいい。

「手首が治ってる。骨が折れたと思っていたのに」

「そのくらい楽勝だ」

「……なるほど。本当にそこそこ魔法は使えるようね。ただの詐欺師じゃないってところまでは認めてあげる」

「素直じゃないな」

どこか嬉しそうな顔をしているのに、言葉は全く素直じゃない。

「宮廷魔法師だなんて、普通信じられる？」

「……確かに！」

信じてくれた辺境伯の方が特殊なのかもしれない。

警戒心の高いアメリア令嬢の方が常識人なのか。

賢いやつだってのは一目見たときから分かっていたが、この家を陰で支えているのは彼女かもしれない。

「だから、もう一度チャンスをあげることにしたわ。あなたが魔法での勝負を望むのなら、私も精一杯やってあげる。おかげで体力も回復したから」

「おう、後一杯食べたら行く」

「今すぐ来なさい！」

俺は引っ張られてアメリアに連れていかれた。

フェイのやつは良いらしい。まだまだ食べ足りていないので、一人食堂で食べ続けていた。俺たちが屋敷に来て以来、コックが一人追加で雇われたらしいから、消費量がいかほどかご想像いただけるだろう。

中庭に来た俺たちは、昨日マジックドールが置かれていた場所で向かい合った。

ここでは魔法を存分に使っていいとのことだ。

まあ、俺から攻撃することはないので、どんな場所でもいいんだけどな。

「ルールはどちらかが降参を宣言するまで。それ以外は何をしても構わないわ」

「いいぜ。アメリア、先に言っておくがお前は実戦経験がかなり乏しい。俺は宮廷魔法師としていろんなやつと戦ったことがある。せっかくの機会だ、その知識を体に叩きこんでやる」

「言ってくれるじゃない。死んでも後悔しないでよね」

アメリアが魔法の詠唱に入った。

先手はくれてやろう。というか、俺は常に後手なんだ。

最初の魔法はファイアーアロー。

炎魔法の基本だ。

やはり、まだ俺のことを疑っているらしい。死なないように手加減しているつもりか。

ファイアーアローが１本。２本、３本……待て待て、なんじゃこの量は!?

俺の前に展開されるファイアーアローの量が１００本を軽く超えている。

「がちがちに堅いんだから、このくらいの連撃には耐えられるわよね？」

天才だとは知っていたけど、これだけの魔法を３秒とかけず発動させられるなんて。

けれど、ただではやられないさ。

一朝一夕で身に着けた力ではないのはこちらも同じ。

『バリア――魔法吸収』

教え子であり、雇い主でもある彼女を傷つけるわけにはいかない。

反射させればすぐに決着がつくが、その選択肢はない。今回はこれで軽くあしらってやるか。

強襲する炎の矢を、展開したバリアで全て吸収していく。

次々に打ち込まれる矢だが、俺のバリアの前に全てが吸いつくされてしまった。

炎の矢がバリア魔法にぶつかる度、バリアの表面が波打ちながらその魔力を吸っていく。

悪いが１本も通さないよ。

「――!?　何よ、それ。どういう魔法？」

どういう魔法って、バリアだけど。

俺はバリア魔法しか使えないけど。

次に炎の光線を放ってきた。

先ほどの分散した攻撃とは逆に、一点集中というわけだ。

実戦経験が乏しいと思っていたけど、すぐに頭を切り替えるあたり、やはりセンスはある。

けれど、すまないな。

『バリア――魔法吸収』

悪いが、その程度じゃ俺のバリアを貫通するのは無理だ。フェイのブレスの半分も威力がないんじゃ、一生俺には届かない。

「こんのっ」

ハートは熱くなっているらしいが、それでも思考はクール。

正面が駄目ならばと、今度は地面から生じる水魔法を放ってきた。

噴水のごとく打ち上がる強烈な水流だ。当たれば皮膚や骨がズタボロにされる強烈な水魔法である。

まっ、当たればなんだけどね。

『バリア――魔法吸収』

悪いが俺のバリアは、正面専門じゃない。

正面にまっすぐな板のようにも張れるし、曲げて曲線を作ることも可能。半円にすれば魔法を後ろの方に逸らすこともできて便利だ。

足元に魔法がくればそのまま足元にバリアを張れば良くて、水魔法も美味しく吸収させて頂いた。

魔法を吸収すると、魔力が補給されるので俺としても大助かりだ。

フェイのやつのバカげた威力の魔法を吸収すると胸やけを起こしかねないが、少女の魔法を数発程度なら美味しくペロリだ。

正面は無理、一点突破も無理、方向を変えても無理。

さて、どうする？　アメリア。

彼女を見据えるが、目の光はまだ失われていない。

再び水魔法を使用して、俺の上に雨を降らし始めた。

肌寒い日にこれはやめてほしい。バリアを張るほどでもないので、ただの嫌がらせだぞ！

そう思っていたが、ちゃんと意図があったみたいだ。

水滴を氷魔法で一瞬にして凍らせた。俺の足元に溜まった水も凍っている。上にばかり気を取られ、下への注意がおろそかになっていた。

「!?」

靴が氷にハマってしまった。

「集まれ！　アイスブレイク!!」

辺りに浮遊していた氷が、彼女の指示で一斉に中心点の俺に集まってくる。

足元を凍らせる段取りも素晴らしい。これでは逃げられない。

躱しようのない360度からの攻撃。

やはり天才。センスの塊だ。

だが、悪いな。

先ほどもやったが、俺のバリアは変幻自在。

360度からの攻撃なら、球体のバリアを作り上げるまで。

結果、氷魔法もバリアを貫通することなく美味しくペロリと吸収しました。

「なんなのよ、それ!! 反則じゃないのよ!!」

反則ではない!

俺にはこれしかないんだから!

「さあ、こいこい！ 次はどんな手だ！」

「ぶっころす。絶対に殺す！」

そうして、小一時間もアメリアのやつと遊んでやった。

まだまだだな。

俺のバリアは一つも壊されなかったし、壊したところで体を覆うバリアもある。

教え子にはまだ負けていられない。

「はあ、はあ」

疲れてうずくまっているアメリアを見ながら、俺はまたしばらくクビがつながったことを実感していた。

　まだいい生活が出来そうである。

「……何の魔法なの？　種明かししてよ」

「先生と呼んだらな」

「くっ」

　悔しがっているが、それでもプライドよりも成長欲のほうが強いらしい。

「……先生!!」

　なんか照れをごまかそうとして気合がめっちゃ入ってるけど、良しとしよう。

「あれはなんの魔法ですか？」

　ようやく認めてくれた。

　詐欺師、詐欺師と言われていたのに、とうとう先生と呼ばれてしまった。今日という日を俺は忘れない。

「もう一回呼んで」

「殺すわよ。調子に乗らないで」

「あっはい。ごめんなさい」

　視線がとても怖かったので、素直に謝っておいた。

「俺はシールド・レイアレス。今も昔も、使える魔法はたったの一つ。バリア魔法だけだ」

「はあ？　私の魔法を防いだのが、全て初級魔法のバリア魔法だっての？　次、冗談を言ったらぶっ飛ばすから」

冗談じゃないんだが!!

本当のことなのに、殺されるんだが!!

「言ってんだろ。あの国を覆うバリアを張った人物だって。俺はバリア魔法しか使えないんだ。けど、バリア魔法で宮廷魔法師にまでなった男だ。……本当だぞ?」

ここからでも見えるヘレナ国を覆う巨大なバリア。

あれは間違いなく俺が作ったものだ。

アメリアの視線もそちらに向いている。

バリアを見て、俺を見て、それを何度か繰りかえす。

「シールド・レイアレスって、本当にあのシールド様なの? 本当に、本当に、ヘレナ国10人の宮廷魔法師、シールド・レイアレス様なの?」

「最初からそう言っている」

「あり得ない! 世紀の天才、シールド・レイアレス様がなんでこんなところにいるのよ! そんなのあり得ないでしょ! 国の英雄を、生ける伝説を追放する国がどこにあるのよ!」

だっ、だよな?

「でも、本当なんだよ」

前にもこのやり取りをした気がするが、あの時は信じてもらえる気配がなかった。

けれど、今日の実戦で少しは信じてもらえたらしい。

アメリアの自信に満ちていたその顔が、徐々に青ざめて行く。

「まっ、まさか。本当にシールド様なの?」

「えーと、はい。そうです」

初めまして?

「きゃあああああああああ」

アメリアが顔を真っ赤にして、走り去った。

何度も名前と職業を名乗っていたのに、今さら反応された。

なんだあの乙女っぽい反応は。

まさか、俺のファンだったりするのか?

あの、冷酷そうに見えたアメリアが? 流石にない……よね?

五話――バリア魔法はほどほどに。後先を考えよう

俺とフェイが飯を食べていると、扉からチラチラと覗いてくるアメリアの姿が見えた。

恥ずかしそうに、まるで乙女のような表情でこちらを見つめている。

なんだ、あの表情は。

今まで見たことのないアメリアの可愛らしい顔に、少し戸惑ってしまった。

「あっ、あの。本当にシールド様なのですか？」

「は？　だから、最初からそう言っている」

「きゃあああああああああ」

叫んでどこかへ行ってしまった。

なんだ、あいつ。情緒どうしたんだよ！

しばらくすると、また戻ってきてこちらをチラチラと覗いてくる。

「シールド様、どうして最初から名乗ってくれなかったんですか？　私としたことが、今まで淑女らしくない言動をとってしまいました。あれは、本当の私ではないのです！」

どう考えても、あれが素で、今が不自然だ。

「シールド様が家庭教師をしてくれているのに、私ったらなんて無礼を！　前々からシールド様のことをお慕いしていましたの！　わっ私の憧れの人で……。ヘレナ国10人の宮廷魔法師の中でも一番尊敬していまして……。その……。本当に尊敬していたのに、私ったら、なんてことおおおおおおお!!」

また走り出してしまった。

落ちついて飯を食えないんだが……。

しばらくするとまた戻ってきたアメリアが、俺とフェイの横に座り、一緒に食事を摂ることになった。

まだ俺のことを見据えることが出来ないみたいで、恥ずかしそうにもじもじしている。

憧れられていたのは嬉しいが、今更遅い。もう彼女の素の顔を知っているので、今更可愛らしい少女として扱えない。か弱いふりをしても無駄だ。ゴリラよりも強いことは知っている。

「あっ、あの、フェイ様とシールド様はどのような関係で？」

「ああ、こいつはドラゴンなんだ。襲われたところを撃退したら、なんかついてきた」

「へっ、へぇー、ドラゴンなんですね。ドラゴン!?」

そうだけど。フェイの背中の翼とか、今までなんだと思っていたのだろうか。

それに食事量も明らかにおかしい。

どう考えても少女が食べられる量を逸脱している。

「我は最強のドラゴン、バハムートじゃ。よろしく」

「あっ、はい。……シールド様が言うなら本当なんでしょうけど」

すんなりと受け入れるなんてこと、普通は無理だよな。だれがこんな少女をドラゴンだと思うのか。

「そういえば、ずっと失念していたことを思い出した」

「なんだ？」

フェイのやつはここ数日ずっと何かを思い出そうと悶々としていた。

こいつほどの存在が小さなことを気にするはずもないので、俺も地味に気になっていたのだ。

「ドラゴンの森の、次の主を決めておらんかった。まずい、ドラゴンが街に溢れ出るかもしれん」

「おいおい、それってかなりまずいんじゃ……」

ドラゴンの森は食べ物がおいしいのと、主であったフェイが人間の厄介さを知っていたから、これまでは人に危害を加えてこなかった。

隣接していたヘレナ国側の街アルザスも、俺たちがいるエーゲインも無事に発展できたのは、皮肉にもドラゴンのフェイの統治力あってのものだ。

「しゃーない。お前を連れ出したのは俺だし、後始末くらいつけておくか」

「そうじゃの。誰が主か決めてから旅に出るべきじゃった。我もいく」

「いけません！」

強烈な声色で、静止に入ったアメリアが俺たちの前に立ちふさがる。

「ドラゴンに手を出してはいけません！」

「「なんで？」」

フェイと声が綺麗にかぶってしまった。

「なんでって、ドラゴンは規格外の存在です。知能も恐ろしく高く、仲間意識も強いと聞きます。下手に手を出したら、街を襲われる程度で済まないかもしれません。下手をしたら、３００年前に起きた、世界を巻き込んだ戦い、神々の戦争が再び起こるかもしれません！」

「「大丈夫でしょ」」

またも声がそろった。

「なんで二人ともすんごい暢気なの!?」

「行くぞ！　今日の特訓はドラゴン相手だ！」

「無茶言わないでください！」

抵抗を繰り返すアメリアだったけど、俺とフェイが無視して進んでいくから、彼女も仕方なくついてきた。

言いつけを守る彼女はドラゴンの森には滅多に近づかないらしい。いつも自信に溢れているアメリアでも、少し不安そうな顔をしていた。

けれど、行く！

エーゲインの街から近いドラゴンの森の前までまっすぐ歩いてきて、俺たちは立ち止まった。漆黒のオーラを感じとる。あまり魔力に敏感ではない俺だが、それでもビシバシと伝わってくる。

俺たちが到着したタイミングで、奇跡的と言ってもいい遭遇をした。

黒いドラゴンが森から顔を覗かせて、ちょうど森から出てこようとしていたのだ。

「黒竜ニーズヘッグ!!」

アメリアはこのドラゴンを知っているみたいだ。

俺は全然知らない。バリア魔法しか勉強してこなかったので、世界全般についてかなり無知である。

お恥ずかしいことです。

「ほう、主はそなたが引き継いだか。人には迷惑をかけるなと言いつけに来た。戦争はつかれるからのぉ」

フェイが黒いドラゴンに向き合って、忠告する。しかし、相手は聞く耳を持たないのが目に見えて分かる。

その視線はフェイへ向け、目は殺気に漲っていた。

「……止まる気はないか。森を去った元主の言うことは聞けぬと……面倒じゃのう」

フェイの体が炎に包まれる。

こっちもやる気だ。

何となくだが、凄まじい殺気を感じたので、俺はアメリアを抱えて少し下がることにした。

直後、フェイが可愛らしい少女の姿から黄金のドラゴンへと姿を変えた。

睨みあう2頭のドラゴン。

どちらが仕掛けたかはっきりとしなかったけど、2頭が空に飛び立ち、上空で凄まじい戦いを始めた。

上空から天変地異を疑う音が鳴り響き、真空波が地面にまで届く。

途中、隕石のようにマグマが降り注いできたので、バリアで防いでおいた。

世紀末かな？

「本当はアメリアに戦って欲しかったけど、今日のところはフェイに任せておこう」

「無理ですよ！　あんな異次元な戦い！　人間の領域じゃありません！」

「宮廷魔法師になるには、あれくらいやってもらわないと」

「ほ、ほんきで言ってますか？」

「うん」

俺は至って真面目だ。

フェイとやりあえるくらいじゃないと、ヘレナ国の10人の宮廷魔法師に割って入れないんじゃないか?　みんなが実際どれくらい強いかは知らないけど、簡単な道ではないと思う。

それにしても、上空の戦いが凄まじくなってきた。

街にも被害が出そうなので、急いで街を覆うバリアを張っていく。

国を覆うレベルのサイズは大変だが、街一つなら簡単だ。

直ぐに完成するだろう。

俺のバリア構築が始まる。

「シールド様!?　これはもしや、ヘレナ国を覆う聖なるバリアと同じものですか?」

「ああ、そうだが?」

「これが、あの奇跡の……」

奇跡?

ただ国を覆っただけのバリアだけど。

多分、ヘレナ国は今やこれ以上の代物を準備しているはず。

俺を追放したのは、それ以上のものを作れないと説明がつかないからだ。

上の戦闘がピークに達したころ、俺のバリアが街を覆い尽くした。

やはりすぐに終わった。このバリアも有効期限があるが、3年は大丈夫。この戦いの最中はもちろん、今後もしっかり機能してくれることだろう。

空から降り注ぐ異次元魔法が街のバリアとぶつかる。

やはり世紀末だ。

最強レベルのドラゴンの戦いは、災害とか、そんなものを軽く超えている気がする。

「アメリア、あれとどう戦うか、あとで考えをまとめておくように」

しっかりと課題も与えておく。

俺は家庭教師だからな。給料を貰っている以上、しっかりと働かなければ。

「そんなの無理です！　あまりに異次元……。シールド様ならどう戦うんですか？」

「俺ならフェイのやつに勝ったけど」

「勝った？　勝ったって、一体どうやって」

「バリアだけど」

俺が使えるのはこの魔法だけだけど。

相手がどうこようが、俺がやれることはこれだけである。

バリアでしか対処できないが、バリアで対処できないものはない！　たぶん。

「異次元すぎます！　せめて思考の追いつく話にしてください」

バリアを張って返り討ち。超簡単だろう？

上の戦いは更に激しさを増していき、とうとうフェイの全力のブレスが黒いドラゴンを捉えた。

森の中へと叩き込んで、戦いの決着がついたようだ。

空から降りてきたフェイが、可愛らしい少女の姿に戻って、静かに着地した。

「全く、面倒じゃ」

　頬に少し切り傷がある。苦労した感じは出さないが、それなりに強敵だったらしい。

「あいつ、死んだんじゃないか？」

「あのくらいじゃ死なん。これに懲りて、我の言いつけは守るじゃろう」

「そうか。じゃあドラゴンは大丈夫そうだ。楽な仕事だったな。帰って飯でも食おうぜ」

「そうじゃな」

　アメリアには結果として気に入られたし、辺境伯の家を追い出されることはもうなさそうだけど、やはり食えるうちに食っとかないと。特にフェイのやつは良く食べるからな。

　食費が浮くに越したことはない。

「昼下がりのコーヒーブレイクみたいに、穏やかな感じで行かないで！　今何をしたか分かってるの!?　伝説のドラゴンを倒し、ていうかあなたも伝説のドラゴン！　そして、なに簡単に街に聖なるバリアを張ってるの？　ええ!?　私がおかしいの!?　今の一連の出来事って、当たり前にやるようなことなの!?」

「落ち着けよ。昨日から情緒大丈夫か？」

「そりゃ伝説のシールド様がこの場にいて、伝説のドラゴンもいて、なんか街がすんごい強化されたら!!　ああ、もう私がおかしいんですか？」

「『たぶんな』」

「そんなわけないでしょう！」

全く、雇い主でなければ少し態度を注意していたところだ。

これも給料のため。癇癪娘にも目をつむろう。

そろそろ給料も出るはずだし、街に夜遊びにも出かけたい。

楽しみが増えて、俺は満足である。

「お主、政治はもう嫌とか言っておったろう。街にこんなでかいバリアを張ったら、また政治に巻き込まれんか？」

「……まじ？」

「知らんが、人というのはそういうもんじゃろ。強大な力を見つけたら、それを利用せずにはいられない。こんな強力なバリア、放ってはおかれんぞ」

「……げっ」

また厄介なことになりそうで、俺は少しテンションが下がったのだった。

六話――バリア魔法は思っていたより遥かに凄かった

なんてことない日々を過ごしていたつもりが、例のバリアを張った2日後に血相を変えた辺境伯に呼び出された。

娘さんの家庭教師はさぼらずにやっているのに、何事かと思っていると、街に張ったバリアの件についてだった。

「娘からお聞きしました。あなたがあの伝説の聖なるバリアを張ったシールド様だったのですね!?」

クウラ・アルバート辺境伯にも、出会った日に当然名乗っているので、何を今さらって感じだった。

最初から宮廷魔法師だと言っているし、シールド・レイアレスだと名乗っていた。

だれも反応しないから、ああ所詮国の宮廷魔法師といっても、他国へ渡れば認知度はこのくらいなのかとがっかりしていた時があったほどだ。

「そうですけど。なにか……」

「なぜあなた様がこんなところに!? あなたがいると、下手したら近隣国とのバランスが崩れてしまいます。一人で国の防御壁が構築できる人間を、なぜヘレナ国は手放したのですか!?」

俺に言われても……。

もう忘れようとしていたことだけど、身に覚えのない罪を背負わされ、婚約者にも捨てられた。

なぜあんな仕打ちをされたかは知らないが、俺が不必要になったのだろうと思われる。

「たぶんだが、俺がいらなくなったらしい。バリアを張るだけ張って、政治に口出しする俺が邪魔になったのだろう。何か大きな秘策があるんじゃないかな?」

バリアはいずれ壊れる。

その日がくるのはそう遠くないはずだ。

きっと何かあるに違いない。

「あるはずがありません！　あのバリアがあるから、近年ヘレナ国は隣国に対して強く出てこれたのです。他国では皆口を揃えてバリアを張った英雄、シールド・レイアレスを罵っていましたよ。大陸の趨勢は、あのバリアによって決まってしまったと述べた軍略家がどれほどいたか!!」

あ、あれ？

なんか俺、責められてる？

「しかしなぁ。俺、国じゃそんなに英雄扱いされなかったぞ。宮廷魔法師にさせてもらったくらいか。たまに感謝されることはあれど、バリアはあって当然みたいな扱いを受けていたし」

「馬鹿な!?　大国ヘレナはそこまで鈍くなっていたというのか!?」

俺はバリアに絶対の自信があったが、まさか他国でこんなに評価されていたとは。

しかし、実感がわかないな。

適当に国にバリアを張ったら、なんかすげーことになるかもと思って始めたことだ。

当時はまだ給料の低い下っ端魔法師だったから考えなしに行った。

バリアを張ったら国の外交がとんとん拍子でうまくいくようになり、俺に宮廷魔法師にならないかという推薦状が届いた。

それでも結構反対する声もあったと聞いている。

無事になれてラッキーと思っていたが、こうして外の声を聞く限り、やはり俺はもう少し給料を貰っても良かったのではないかと思う!!

パリピとして楽しませてもらったけど、扱いはそれほど良くなかったので今さらだが心の中で愚痴っておく。給料を上げろ！

「只今、国の中央にかけあっております。あなた様がここにいること、私の一存でどうにかできるはずもありません」

政治関係はもうこりごりだ。

自由に高収入が欲しいだけなのに、また変なことに巻き込まれようとしている。

「まさか、俺、家庭教師クビですか？」

「家庭教師なんかをしている場合ではないのです。あなたは大陸の力関係を左右するほどの魔法の使い手。……家庭教師としては置いておけません」

「くっ！」

とうとう、クビ宣言だ。

頑張ったのに、俺頑張ったのに！

「ほーら言わんこっちゃない。あんな広範囲魔法を使えば政治に巻き込まれるなんて目に見えとるわ」

ジトッとフェイのやつを睨みつけておいた。

こいつのせいとは言わないが、派手に暴れるから街に被害が出かけたんだ。

これから給料を貰って夜遊びをする予定の街を壊されてたまるか。

あの場でバリアを張った行動は正解だったと思っている。こんなことになるとは思っていなかったが、街が壊れるよりかはいいだろう。

「お前がもう少しスマートにニーズヘッグを倒していれば、こんなことにはならなかったんだぞ」

「無茶を言うな。我の後を継いだドラゴンじゃぞ。油断したらこちらがやられるわい」

「今なんと!?」

辺境伯がまた一段と目を見開いて、俺たちを見てきた。

何か、変なことをいいましたか?

「ニーズヘッグとバハムートが出たと聞いていましたが、神々の戦いにお二人が出くわしたのですか?」

神々?

なんのことだ。それは本当に知らない。

「こいつはバハムートだ。今は人の姿になっているが、ほら、黄金の翼は隠しきれていないんだ。先日人の街を襲おうとしてたニーズヘッグを撃退して、この街を守ってくれている」

恩着せがましい言い方だが、何か貰えたらラッキー的な感じで言っているので、あざとい。

「あっあなた方は一体なんの話をしているんだ」

フェイのやつがバハムートだというのはなかなか信じてもらえなかった。

ドラゴンについて、人はあまりにも無知だからな。

信じられないのも無理はない。

アメリアからもこの話が事実だと説明されると、辺境伯はいよいよ納得してくれたみたいだ。

「ああっ、なんということを。娘に家庭教師を迎え入れたつもりが、神と国の英雄を迎えていたとは……」

顔色が悪くなっていき、腹痛を起こしていた。腹を押さえ、少しうつむく。

辺境伯は人が好さそうだからな。

大きなことを抱えるとストレスでやられちゃうタイプなのだろう。

このウライ国では、ドラゴンのことを神として扱っているらしい。

それは畏怖の念もあるが、単純に人がドラゴンの森に近づかないようにという教えもあるそうだ。

数百年前に人とドラゴンの戦場になったのはウライ国の土地なので、ここでは他国よりもドラゴンを神聖視しているのだとか。

「私の手にはもう抱えきれません。国の役人が来るまでどうかお待ちください。きっと悪いようにはならないはずです。この国で、あなた様の居場所を提供出来たら、我々の味方になってくれるのでしょうか？」

返事はしないでおいた。

飯を食わせてくれた恩はある。

辺境伯の言い方からすると、ウライ国で俺は破格の待遇を得られるかもしれない。

しかし、中央の人間はどう思うだろうか。

辺境伯ほど人の好い人間ではないだろう。

自分の利益を優先する人間たちだったら、俺が協力をすることはない。

結局利用されて、また捨てられる未来が見えるからだ。

何か良い生き方はないか。

俺が自由に生きられる方法は。

辺境伯との会談が終わり、俺たちに出された晩餐は、昨日までのものとはまるで違っていた。

もともと良く食べる客だと思われていたが、二人とも国に影響を与えそうな人物だと判明したからだろう。

辺境伯がより良い食材とコックを集めてきて、盛大にもてなしてくれた。

テーブルを埋め尽くさんばかりの御馳走。

こんなに食べられるわけ……。

「うまそうじゃのう～」

いや、フェイなら簡単に食べられてしまうか。

気遣ってくれてのことらしいが、全力で食べたい俺たちとしては逆に気まずい。

辺境伯も今夜は一緒に食事を摂ることとなった。

そして、アメリアから熱い視線も飛んでくる。

俺に憧れていたみたいだからな。正体が分かった今、態度が変わるのも仕方ない。

それに尊敬されるのは悪い気分ではないからね、いい夜だ。

けれど、おいおい。

なにか、あの視線には違う意味合いを感じるんだが？

まさか、まさかだよね？

「あの娘、お主と交わりたがっているような表情じゃの」

ストレート!!

めっちゃストレートに言うじゃん!!

「全く、面倒なことに巻き込まれる男じゃのう。けど、予想通り面白いことに出会えると予感していたからな。人間共の中枢に近づける機会などなかなかないからのぉ」

……なんか、こいつのやばい思惑みたいなのが垣間見えた気がした。

今更だが、ドラゴンと旅をしていていいのだろうかという気になってくる。

「まっ、それも面倒になったら、一緒に逃げてやるわい。どこか人と関わらぬ場所に逃げて旅をするのも悪くない」

黒い野望はないのかもしれない。

どちらがフェイの真実の目的かは分からない。

けれど、今は一緒にいて楽しいからいいとしよう。

俺の正体を知って以来、アメリアの従順たること。
何を言っても「はい」としか言わなくなってしまった。

初めの印象と全く違うその様子に、表面上は扱いやすいはずなのに、本質的には凄く扱い辛い女になってしまった。

なぜ生徒ではなく、女かというと、今も俺にべったりとくっついてまわっているからだ。

俺も馬鹿ではない。

相手の気持ちくらい分かっているが、こんなドストレートな気持ちは初めてだ。

もともとバリア魔法ばかり勉強していて、碌に青春を経験してこなかった。

女性の扱い方には慣れていない。

エレインには裏切られてしまったし、今となってはあまり女性とそういう関係にはなりたいと思えない。

いつか、素敵な人が現れてくれたらと思いつつも、そこまでも期待していないのが現状。

「あっ、アメリア。近い」

「はい、先生。アメリアは近くにいてございます」

「あっ、あははは」

乾いた笑いをするしかない。

女性にすり寄られる慣れない現状に、俺は戸惑ってばかりだ。

モテた経験がないので、どう返答していいのやら思考が廻らない。

身体を摺り寄せてくるが、少し胸が当たっていることに彼女は気付いているだろうか？

「盛りのついた猫の様じゃの。さっさとやることやってしまえば、お主も自由になれるのでは？」

こいつ……！

俺がそんなことできない立場と知ってて言っているのか、それとも本心なのか分からないところが憎らしい。

フェイにとっては他人事なので良いのかもしれないが、俺としては結構切実にこの現状をどうしようかと思い悩んでいた。

しかし、結論が出ないので後回しにした方がいいだろう。明日できることは明日やればいいんだ。

「とりあえず、給料も出たし街に出ようぜ。何かご馳走する」

「良いのぉ。何か食べられるならどこでも行くぞ」

「先生が行くところならどこへでも！」

美女二人を連れて出る街は、本来ならもっと気分の良いものだろうけど、ドラゴンと教え子じゃあなあ。

今の情勢もあるし、変なことが起きなきゃいいけどって思っていたら、案の定道中声をかけられた。

それも家の屋根の上から。

「ほう、聞いていた人相通りだな。シールド・レイアレスがまさかこんなところにいるとは、ヘレナ国は一体どういう考えなのでしょう」

ひさびさにパリピムーヴと行こうとしていたら、屋根の上からこれまたとんでもない美人がこちらを窺っているではないか。

一度しゃがみ込んで、軽い体捌きで屋根から飛び降りる。

大剣を一本背負って、白いロングコートを着た美人さんだった。

ちょっと待て、頭の上に猫のような耳が生えている。赤い髪と一体化していて、気付くのが遅かったが、その大きな目もどこか猫の目と似ていた。

「獣人!?」

「ほう、北のものか」

北の国には、獣人が人口の大半を占める国があると聞いている。

ヘレナ国から逃げる際に一応考慮した逃亡先であった。

「私の名は、メレル。獣人の国イリアスにて、剣聖の称号を貰いし剣豪。以降お見知りおきを」

「イリアスの剣聖……」

そんな人物が俺に一体何の用だ。

ていうか、俺の情報が獣人の国にまで？　どうなっている。俺はただバリア魔法を張っただけの男だ。国ではそんなに評価されていなかったというのに、辺境伯の対応といい、なにやら少し温度感の差を感じている。

「諜報部が国に、シールド・レイアレスが追放されたという情報を齎(もたら)した。そして、この辺境のエーゲインの街に聖なるバリアの出現。女王の命を受けて急ぎそなたを国賓に迎えるようにと言い付かってここに参った次第」

国賓!?

この俺が?

やはり俺の評価は国内と国外で大きく違うみたいだった。実感がわかないが、間違いなく事実らしい。

「共に獣人の国イリアスへと参ってくれぬか?　いいや、女王の命令である以上、強制的にでも連れていく所存。ウライ国にシールド・レイアレスを渡すわけにもいかないので、どうか優しく言っているうちに頼む」

そうは言われても。

俺にも事態が飲み込めていないのだ。

適当に給料の良い安定した仕事さえあれば良かったのに、今や国の規模でバリア魔法のことを話されている。

規模がでかくてまだ現実感が湧かない。

「悪いが、いまから獣人の国に行くってのは無理だ。いずれ行くことがあるかも知れないが、とりあえず今は無理。それが俺の答えだ」

身の振り方は自分で決める。俺はもう追放なんて憂き目には遭いたくないからな。

美味しい話に簡単に首を縦に振るわけにはいかない。

「なるほど。ではすまないな。痛くはしないさ。少し気絶させるだけ。寝て起きたら獣人の国イリアスに到着だ」

やる気みたいだ。

フェイと、アメリアのやつを下がらせておいた。

ニコリと笑った剣聖メレルは、踏み出した瞬間、俺の目の前にいた。

まるで瞬間移動したかと思わせるようなスピードだ。

背負っていた大剣は見るからにかなりの重量がある。あれを片手で持ちながら、この加速力。

獣人のけた外れの筋力をいきなり見せられた。

しかし、悪いが俺には届きそうにもない。

『バリア——武器破壊』

攻撃は俺のバリアを破ることなく、バリアに受け止められた。

バリアによって剣が押さえられる。

「なっ!?」

メレルが驚いた表情をしているが、驚いたのはこちらも同じ。驚異的な身体能力だ。

あれだけの威力で攻撃されたのだ。武器破壊は相手の攻撃威力をそのまま武器に撥ね返すので、通常なら武器が真っ二つに折れてもおかしくない。

しかし、白く光り輝く大剣には傷一つ付いておらず、刃こぼれしそうな気配もなかった。

「ん?　武器にダメージを撥ね返された……?　おもしろい、バリア魔法だ。しかし、獣人の国の名匠が打ったこの名剣、そうやすやすと折れはしない」

バリアで剣を止めた場所から垂直に飛び上がり、太陽に被さるように空から斬りかかってくる。

なんという身体能力に、戦闘のセンス。一瞬にして地理条件を活かして迫ってくる。

思わず拍手を送りたいが、そんな余裕はない。相手の姿が見えない以上、広範囲にバリアを張っておく。

しかし、攻撃が来ると思われたタイミングで、攻撃が来なかった。

あの身体能力を考えるに、常識で判断しない方がいい気がした。

バリアを張り直して、球体状にする。

俺の直感は当たっていたみたいで、どう移動したのか大剣が俺の背中方面からやってきて、バリアとぶつかる。

『バリア――物理反射』

剣を折れないなら、そのダメージ、そのまま返すまで。

凄まじい剣の斬撃が、メレルの体にそのまま返される。

「うっ！」

今度は効果があったみたいで、一瞬だがメレルが片膝をついた。

しかし、すぐに立ち上がる。

着ているマントが破れて、身に着けた革の鎧にも傷が入る。凄まじい威力がその体を襲ったはずなのに、まだ立つ。獣人の体力には恐れ入る。

「……これがシールド・レイアレス。自分の剣の威力を、そのまま自分に返されているみたいだ」

「ご考察の通り。悪いが、お前じゃ俺に剣は届かないよ。ていうか、あの剣が俺に届いてたら死んでるが!?」

連れ帰るって話はどうした？　俺は国賓扱いだったはずじゃ!?

俺の首だけ連れ帰る気か！

「聖なるバリアを張ったシールド・レイアレスがあれしきの攻撃を防げないはずもない。防げないのなら、わが国には必要のない人材なだけ」

なんか勝手なイメージだが、獣人の国って弱肉強食なイメージがついてきた。

弱い奴、生きる価値なし！　強いやつ、全て手に入れる！

そんなことを言われそうな雰囲気。

「まだまだやれる。再び、参るとしよう」

辺りの家や壁を素早く移動して、縦横無尽に動き回る。

あまりの速さに、集中力を切らした途端見失いそうである。

しかし、動きが見えている限り、いや見えてなくても俺の球体バリアを突破するのは不可能。

このバリアを割らない限り、お前に勝ちはない。

何か奇策を警戒したが、メレルは意に介さずあらゆる角度から攻撃を繰り返した。

緩急をつけながら、どこか弱点を探すように斬りつけてくる。

なるほど、持久戦か。

だが悪いな。俺のバリアはまだまだ耐久力があるのに比べて、メレルは既に体がボロボロだ。

最後に全力で振りかぶった一撃がバリアを叩きつける。

物理反射を使用しているので、ダメージの全てを撥ね返した。

メレルの血と衣服があたりに飛散した。

「……がはっ！　無念」

ダメージが撥ね返ったが、どこまでも頑丈なメレルは軽く吐血した程度で済んだ。

それよりも、衣服にダメージが積み重なり、彼女の上半身がはだけて大事なところが見えてしまっていた。胸とか胸とか胸が！

「完敗だ。全く勝てる気がしないな。剣聖の私でも届かないとは」

「わわっ、あの、前が見えてるから、隠してくれないか」

なんで冷静なんだ。

こっちはその綺麗な胸が見えてしまっていて、とても冷静に話せないんだが!?

急いで上着を脱いで、彼女に渡しておいた。視線は逸らしている。

「俺の服で良かったら着てくれ」

「感謝する」

上着を着てくれて、ようやく彼女を見ることができた。

相当ダメージを負っているはずなのに、堂々と立ち尽くすあたり、彼女の頑丈さには恐れ入る。

「負けはしたが、女王にはそなたを連れてこいと言われている。致し方ない。この街で数日体を休めて、他の手段を探るとしよう。何としてでもバリア魔法を我が国に持ち帰らねば」

彼女は真剣みたいだ。

なんだか悪いことしているみたいな気分になってきた。

戦いが終わったのを見て、フェイが面倒くさそうに寄って来た。

「早う、なにか食べに行くぞ」

アメリアもがっしりと俺の右腕を確保である。

「ところで、シールド殿」

「はい？」

まだ何か用があるみたいだ。国にはいかないと伝えたはずだが。

「これは個人的な相談なんだが、私の夫となってくれないか？」

「はい!?」

まさかの相談だった。

七話 ―― バリア魔法の意外な効果

夫ってあの夫か？

結婚するってこと？

今日会ったばかりだというのに、驚きの申し込みである。

「私はかつてより、自分の剣が通用しない相手との結婚を心に決めていた。女王の命でこの地に来たが、よもや運命の相手と出会おうとは。是非私と結婚して、獣人の国イリアスへ！」

獣人の国の剣聖ともあろう人が、この俺に出会った日にプロポーズだと!?

生まれも良くなく、育ちはずっとバリア魔法を磨いていた俺が、ここ数日やたらと女性にモテてしまっている。

国内では全然モテなくて、舞い込んできた縁談に急いで食いついてしまったこの俺が！

このモテ具合は偏に、他国でのバリア魔法の評価が高すぎる故だろう。

国内ではこんな扱いを受けてこなかったので、狼狽しっぱなしである。

「そんなこと急に言われても困る」

素直な感想を述べておいた。

嬉しいことは確かに嬉しいが、先ほどまで殺し合いをしていた関係だったよな？

そんなロマンチックな雰囲気にはとてもなれなかった。

「そうです。先生は、そもそも私のものです。国にお帰りなさい、獣人！」

違うけど！

アメリアの暴論にも驚きだ。

「ほう、言うではないか、小娘。私のシールド・レイアレスが欲しければ、力ずくで勝ち取ったらどうだ？」

私のじゃないけど！

流石に分の悪さを感じたのか、アメリアですら強気に出れない。

まだ完成前のアメリアと、成熟しきっており、剣聖とまで呼ばれるメレルでは勝負にならない気がした。

　天才アメリアでさえ、どこかで力の差を感じ取っているのだろう。

　そもそも、俺は二人のものじゃないけどね！

「そうかな？　先生は私の方がタイプだから」

「べー！　私の乳房を見たとき、シールドは赤面していたぞ。そなたの貧弱な胸では満足させることはできまい」

「ぐぬぬ！」

　アメリア、ごめん。それに関しては事実だ。

　俺はメレルの胸を見て、心高鳴っているスケベ男子である。

「勝負は決したな。それと、そこの人に非ざる者よ。そなたもシールド・レイアレスが目的で傍にいるのか？」

　メレルのターゲットがフェイに移る。

　フェイは背中に翼がある以外は、完全な人の美少女の姿である。

　一瞬で見抜くとは、メレルの洞察力はやはり大したものだ。もしかしたら、俺たちにはない嗅覚や、第六感的なものを有しているのかもしれない。

　獣人というのは、人より身体能力に優れた種族なので、俺達人間には分からないことが分かったりすると聞いたことがある。メレルだけが特殊な可能性も十分にあるが。

「ほう、面白い……。我は別にこやつに恋慕の情は抱いておらん。ただ食したいだけじゃ」

……やはりそうだったのか。

俺のバリアがなければとっくに食べられていただろうけど、付いてくると言い出したときからまだ食べることを諦めていないのは薄々察してはいた。今初めて本人の口から聞けて、少しスッキリとした部分がある。

「我の能力は相手を食すことでその力を得るというもの。こやつをいずれ食すことで、この奇跡とも呼べる力を我のモノにする」

「お前……そんな野望があったのか」

知らなかった。

単純に美味しそうだから食べるのかと思っていたけど、付いてきた本意はそこにあったか。

ドラゴンの能力なんて知らなかったから、この情報にも驚きだ。

「我が夫となる人を食すとは許せん。そのうち蹴散らしてくれる」

「ふん、返り討ちにしてやってもいいが、別にそなたらが結びつくのを邪魔する気はない。こやつのバリアはこのバハムートの力をもってしても破れる気がしない。しかし、人の命はあまりに短い」

「お前、まさか……」

こいつの考えが分かってきた。人とドラゴンの絶対的な差を利用する気か。

「その通り、老いて耄碌（もうろく）した頃に食べてやるわい。それまではお前と一緒に人間の世界を楽しむつもりじゃ。仲良くしようではないか。くっくっ」

ぐっ。遥か先のことではあるけれど、俺はいずれこいつに食べられてしまう運命なのか。

しかし、これぱかりはどうしようもない。

ドラゴンは悠久のときを生きるという。

俺の一生を傍で過ごすなんざ、こいつにとっては昼下がりのコーヒーブレイクとさほど変わらない時間の使い方なのだろう。

「……食べないでくれ」

シンプルに頼んでみた。

「嫌じゃ」

シンプルに断られた。

退治しようにも、俺は所詮バリア魔法の使い手。

相手から仕掛けてこない限り、勝つことは難しい。

なんとももどかしい限り！

「そういうことじゃ。獣人の剣聖よ。こいつと交わりたければ、いつでも交わるがいい。お主らの子なら、凄い才能が見られるかもしれん。どちらにせよ、我にとって損はないぞ」

「ドラゴンの王よ、先の話は分からないが、邪魔をしないというのなら許そう。私たちの結婚を見届けてくれ」

「うむ」

なんか決まったみたいになってるけど！　何、和解の握手をかわしてんの！

全然俺の意志が介入してないけど!

「先生は絶対に渡さない!　あんた達なんて丸焦げにするほどの火力で、いずれ私の魔法で葬ってあげる。胸だって大きくなるんだから!」

二人を睨みつけるように、アメリアが豪語した。

胸は良くないか?　別に大きければいいってもんでもないと思うぞ。

実際俺は小さいのも好きだ。もちろん大きいのも好きだ。全部好き。

小さいのも中くらいのも大きいのも、全部好き。大事なことなので2回続けました。

泥沼化しそうなこの場だが、俺がなんとかうまくまとめねば。

ダメージを負ったメレルがここを去ってくれれば、一旦は沈静化しそうだけど、アメリアが怒れば怒るほどメレルは楽しげにする。

きっとまだしばらくはこの若き天才をからかいそうな雰囲気だ。

「そこの楽しそうな話、私も一口嚙ませてもらえるかしら?」

「ん?」

どこから声がしたか分からなかった。

上とも隣とも、はたまた下とも分からぬ場所から。どこだ?

次の瞬間、何もない空間に突如裂け目が出来て、そこから妖艶な女性が出てきた。

少し浅黒い肌に、大きな目と適度に厚い唇が特徴的な、色っぽい女性だった。

肌の露出も多く、あえて彼女の武器であるセクシーさを醸し出しているようにも見えた。

「ほう、空間魔法の使い手とは、これまた珍しい」

何もないところから声がしたのは、そういうことだったみたいだ。

伝聞でしか知らない魔法、空間魔法の使い手。フェイが驚くほどだ。それ程珍しい魔法。

まさか、こんなところで見られるとは。

俺のバリア魔法なんてのは、初級中の初級。クオリティに違いがあるだけで、ほとんどの人間が使える魔法だ。

空間魔法は全くの逆。血筋や、特異体質を有している者にしか引き継がれない特異な魔法である。

たしか、南の国、ミナントで古くから伝わる魔法だと聞いていた。

それが今目の前で使われたのだ。

「シールド・レイアレスが追放されたと聞いて、エーゲインに新たな聖なるバリアが展開された。やはりここにいましたか」

似た展開を、先ほど聞いたような。

「出来ることなら国に連れて帰れと言われましたけど、本当に追放されていたとは驚きです」

これも何度か聞いたやり取りだな。

もう今さら驚かない。

自分が追放されたのは、やはりヘレナ国の失策な気がしてきたからだ。

「シールド・レイアレス様、私はミナントの代表ガブリエル・パラライ。あなた様をミナントに招きたく、ここに参上いたしました」

それも何度か聞いた。

既に答えは決まっているので、返答も簡単に済ませる。

「悪いな。辺境伯にも、イリアスの剣聖にも既に断りを入れてあるが、しばらくはどこにもいかないよ。自分の身の振り方は自分で決めるつもりだ」

「国賓として招待致します」

「悪いが、それも保留で頼む」

いい条件で迎え入れられるのは助かるが、全く知らない土地、知らない人間を信頼するってのは無理がある。一度裏切られれば、警戒心は余計に大きくなるというもの。

「強情な人は好きですよ。しかし、私の任務はあなたを連れ帰ること。そして、私はそれが得意中の得意なのですよ」

まさかと思った次の瞬間には、既に魔法を詠唱していた。

「空間魔法――強制転移」

『バリア――魔法反射』

先客と同じ空気がしたので、何かするだろうと思って身構えていたが、やはり行動に移してきたか。

空間魔法なんて特殊なものを反射したことなどないが、バリア魔法はガブリエルの魔法をも通さなかった。

悪いが俺の勝ちみたいだな、その空間魔法でどこかへ消えるがいい。

撥ね返った空間魔法が、ガブリエルを襲う。

そのままミナントまで消えてもらえると助かったのだが、少し予想外のことが起きた。

「なっ——!?」

なんと彼女の服だけが、一瞬にして消えさった。

「きゃっ！　……私の空間魔法を撥ね返すとは。それにしても、こんな仕打ちはあんまりじゃなくて？」

「いや、違う！　本当に違うんだ！」

服だけ吹き飛ばされて素っ裸になったガブリエルが、恥ずかしそうに、しかしどこか満足げな顔でこちらを見つめてくる。

空間魔法を撥ね返しただけで、それ以外の意図はなくて！

本当に、こんなスケベな展開になるなんて思ってなくて！　いいものは見られたが、悪意がなかったことだけは本当だ！

剣聖との戦いの頃から、辺りに人がちらほらと集まってきており、今はもっと人が増えていた。

なんだか、俺が女性の服をはぎ取ったみたいな感じになってしまい、痛い視線に耐え続けなければならなくなった。

剣聖に次いで、ミナントからの使者の服まではぎ取ってしまった。

わざとじゃないと言っても、一体何人が信じてくれることだろう。

大量に突き刺さる視線は反射できそうにもない、さすがのバリア魔法でも。

八話――いよいよバリアが崩壊。そして始まる新時代

上着は既にメレルに渡していたので、急いでシャツを脱いで、裸のガブリエルに手渡した。

「それを着てくれ」

「脱がしておいて、一人で着ろと、そう言うんですの？」

「すまない。悪かった。でも、いいから着てくれ！」

謝っておいたが、謝るべきではない気もしてきた。

空間魔法で俺を攫（さら）おうとしたから、こちらは反射したまでだ。

結果的に服だけが異空間へと消えることになったが、俺の責任ではない気がする。

いいものを見られたのはラッキーだったが、いやラッキーです。本当に。幸運に感謝します、神様。

そして、裸にシャツ一枚のガブリエルは、なぜかより一層エロくなってしまった。

何も穿いていない下半身がもろに見えるし、すらりと伸びた長い脚がより一層際立つ。

意図していたわけではないので、とても申し訳なく思う。

「これは責任を取ってもらわないといけませんね。うふふ」

お、お前もか！　ガブリエル！

なんてやつだ。

急に攫いに来たかと思えば、今度はメレルと同じようなことを言い始めた。

国を追われた俺が、異国の地でこうまでモテ始めるとは。いや、これはハニートラップに近いものだ！

「海の民よ、悪いがそやつは私の夫と決めておる」

メレルが名乗りを上げた。

ややこしくなるからもうやめて欲しいのだが、それを俺が言い出すのはなんだか違う気がした。

二人の服をはぎ取った負い目から、俺はただ黙っておいた。

「あなたのような凶暴そうな女はタイプじゃなさそうですけど？　私の方が夜のお相手も……」

「ふんっ、排除してやってもいいが、私も夜の自信はあるぞ。どっちが好みだ？　シールド殿」

「どっちですか？」

メレルとガブリエルがこちらを見据える。

「うっ」

二人とも魅力的だし、本当にとてもきれいな女性だと思っている。

外見だけのイメージで差をつけられる気がしないが、どちらかというと二人ともアウトだ。

「お前たち、さっきまで俺のこと強引に連れ去ろうとしていたよな？　悪いが今はそんな目で見れない」

「やはり連れ帰って、時間をかけて口説くほかあるまい」

「私もそうさせてもらいますわ」

「先生は私のものだけど！」

アメリアまで割って入って、三者の間でいよいよ収拾がつかなくなってきた。

３つの国を代表するような美人３人から迫られて幸せなはずなのに、どうしたものかと困りっぱなしだ。

俺は一体どうしたらいいんだ。バリア魔法ばかり学んできたせいで、青春を放棄してきたつけがようやく回ってきた。

「お主ら、こやつはいずれ我が食べるのは変わりないが、どこに連れていくかは話し合いで決めぬか？　辺境伯が近いうちに国の要人を連れてくるらしい。お主らもそこで国の代表として話し合うが良い」

襲ってきた二人には耳寄りな情報だったらしく、顔に笑みが見え隠れした。

「よかろう。私はそれでいいが、ハレンチ女はどうだ？」

「我が国も、それで良しとします。そこの獣臭い女に同意です」

二人は相変わらずバチバチとやりあっていた。

俺の腕にしがみついているアメリアは、辺境伯側の人間なので既に了承済みだ。

悪いが、そんな面倒くさい会議からは逃げ出したい。

俺はただ安定した高収入が欲しいだけの男だ。

国の中枢と関わるのは、もういいかなと思っている。

そんなことを伝えようとしたところで、フェイの目が大きく見開かれる。

　フェイから放たれる気配がただならぬものだったので、全員が言う通りにドラゴンの森方面に視線を向けた。

「森のほうを見よ」

　あまり感情をあらわにしないフェイが、口を大きく開け放っていた。

「３年もの間、我がドラゴン族の通過も許さなかった障壁が……!!」

「バリアが……」

　ヘレナ国に張った、国を覆う聖なるバリアが、まさに今、光の粒子となって崩れ始めていた。

　上から少しずつ、分解されるようにバリアが消えて、ヘレナ国が曝け出される。

　もう、そんな時期だったか。

　感覚としてはもう少しくらい持つと思っていたが、俺がバリア内から出たせいだろう。

　想定していたよりも早く、バリアの崩壊が始まった。

「くははっ、ここ数年外交で辛酸をなめさせられたヘレナ国の、その土台となっていたバリアが消えていくではないか！」

　メレルが吠えた。

　１か月もかけて、苦労して作り上げたバリアが壊れるのは残念だが、思っていたより数倍、周りの反応が濃い。

　この世の終わり、いや新しい時代の幕開けを見るかのように、その目を大きく見開いて、皆がバリアの崩壊を見続けた。

……また張ればすぐに再生できるけど。

やはり俺と周りには温度差がある気がして、変なことを言わないように取り敢えず黙っておいた。

「この力、是非ともミナントに持ち帰らねば」

「いいえ、先生は私のものです！　ずっとこの街に居続けます！」

バリアの崩壊が完全に済むまで、３人は言い争っていた。

一つの時代が終わったらしい。バリアが壊れただけだけど……。すぐにまた張れるけど……。

まあ、みんなが新時代が来たというなら、そうなのだろう。そういうことにしておこう。知らんけど。


新時代と呼ばれた日から、あっという間に3日が経った。

あのバリアが崩壊して以来、街は非常に慌ただしい。

まるで世界に巨大な異変でも起きたかのように、商人が動き回り、それに合わせてあらゆる人たちが生活リズムを変えながら対応しているように見えた。

会議の日、空間魔法から出てくるガブリエルと、窓際で鷹からのメッセージを受け取ったメレル、そして国の代表として選ばれたアルバート辺境伯と俺とフェイの5人で話し合いが行われることとなった。

会議室に入れないアメリアは恨めしそうに室内を見ていたが、父に窘(たしな)められて泣く泣くこの場を離れていた。

ウライ国が代表に辺境伯を指名したのは、正解だと思う。知らない人と話すよりかは、俺も辺境伯のほうが気心が知れていて気楽だからだ。気に障る相手よりはるかに交渉を進めやすい。

ガブリエルとメレルも同様。二人は国から全権を貰って、この会議に来ているらしい。

逃げる予定だったが、新時代の幕開けだと喜ぶ彼女らを前に、いったんは逃げる選択をなしにしている。

「では、元へレナ国宮廷魔法師、シールド・レイアレス殿の今後について話し合う会議を始めたいと思う」

辺境伯の一言で会議は始まった。

ほとんど俺の意志が介在していないこの会議だが、一応どんな条件が貰えるのか気になるので、この場には参加している。

しかし、俺が喜んでこの場所にいるわけではないのは、重ねて言っておきたい。

「まずは我がウライ国からの条件を提示いたします。国を覆う聖なるバリアを張ることを条件に、一生涯宮廷魔法師としての地位を確約し、他国の宮廷魔法師の年俸の10倍を毎年払うものとする。そして、伯爵位を与え、領地も与えるものとする」

……すごい！　結構いい話でびっくりだ。

なんかもう決めちゃってもいいかもしれない。俺、ウライ国で生きていきます！

全然乗り気じゃなかったけど、全然乗り気になってきました！

しかし、次の瞬間、メレルとガブリエルが笑ったように見えた。

ウライ国の条件よりいいものを提示できるとでも!?

「次、いいかな？」

メレルが手を挙げた。

「イリアスからは、国を覆う聖なるバリアを張ることを条件に、公爵の地位と、それにふさわしい領地を渡す。その規模、国土の10分の1にあたる規模である。もちろん、既に開拓済みの土地で、領民もいる豊かな土地だ」

……国土の10分の1!?　イリアスは北に広大な土地を持った国だ。それだけ貰えるなら、もはや小国の国王レベルだが？

俺、イリアスで生きていきます！　手のひらクルクルドリルでごめんなさい！

「では、最後にミナントからの条件を提示させていただきます」

ガブリエルの顔に自信がみなぎっている。

交渉材料は、この2国よりも強力だというのだろうか？

「シールド様に要求する条件は同じく。そして、我が国はシールド様に公爵の地位と、土地、更に海まで提供いたします。自由に貿易を行って下さいませ。あなたの才覚で領地を発展させるのは、いい気分ですよ？」

ミナントは大陸でも有数の豊かな国だ。

港を多く所持しており、他国との貿易も盛ん。漁獲量も多く、食事も美味しいと聞いている。

これまた魅力的な提案だった。

「更に、わが国にシールド・レイアレス様を譲渡して下さる場合、ウライ国とイリアスにはわが国の領地を譲渡致します」

「なっ!?」

「……本気か!?」

二人に書類が手渡される。それは俺がミナントに行った場合に渡される予定の領地が記された書類なのだろう。

「……ミナントに1票」

「シールド殿、ミナントに行かれてはいかがか？」

辺境伯とメレルがこちらを見ようとしない。

こいつら!!

どんだけ美味しい条件だったんだよ!!

九話 ―― side バリアの崩壊したヘレナ国

「なぜバリアが壊れた!?　シールドはどこだ？　すぐに呼び寄せろ」

ヘレナ国国王レイモンドの声が響いた。

玉座に座る国王は、明らかに不機嫌だった。

永続的にあるはずの、国を覆うバリアが突如として崩れ去り、綺麗さっぱりと消え失せた。

なぜ今に至るまでに、この事態を想定しなかったのかと、自分の危機感の欠如を激しく罵る。

なぜ慢心していた。

いつからバリアがあることが当然だと思い始めていた。

ヘレナ現国王レイモンドは焦燥感を抑えきれないまま、シールド・レイアレスの到着を待った。

事態を想定していなかったのは愚かだが、しかしシールドが聖なるバリアを張りなおせば済む話。

今後はバリアの仕様を詳細に把握し、計画を立てればいい。

それをやってこなかったのは、やはり慢心故だろうか……。

国王からの呼び出しであるにもかかわらず、半日が経ってもシールド・レイアレスが姿を現すことはなかった。

レイモンドのフラストレーションは高まるばかり。

「陛下！　報告いたします。宮廷魔法師シールド・レイアレス様の自宅には既に人がおらず、宮廷にもここ３週間ほど姿を見せていないそうです」

「……!?」

言葉が出てこなかった。

国王であるにもかかわらず、宮廷魔法師が一人欠けたことにすら気が付けていなかった。

レイモンドはまたしても、平和ボケした自らを罵る。

思えば、２年前から碌に執務を行わなくなった。

国が思うままに動き、外交も笑えるほど他国が条件を譲歩してあらゆる面で優遇されてきた。

大陸の覇権を握った気でいたのは、なぜか。

いつから自分は、この国は驕っていた？

やはりあのバリアが張られたときからだろうと、今更ながら気付く。

その恩恵の大きさにも、影響力の大きさにも、なくなってようやく気が付いていた。

「シールドを捜せ！　騎士団を総動員しても良い！　捜し出して、再びバリアを張らせよ！　何としてでも見つけ出せ！」

国王の怒号が響き渡る。

その更なる逆鱗に触れまいと、人々はなるべく国王から離れるように、忙しく動き回った。

そんな中、謁見の前に待機する者の中で、一人だけ玉座の前に歩み出る者がいた。

「陛下、騎士団長カラサリス・ヴァイエン参上致しました」

「おおっ、カラサリス。よくぞ参った。見ての通り、バリアが壊れた。理由は分からぬが、そなたの騎士団を総動員して、シールド・レイアレスを我が目の前に連れてこい」

「はっ。シールド・レイアレスの捜索の件、騎士団だけでなく全権を私に移譲して欲しいのですが、いかがでしょう。その方が国王の負担も減り、捜索もしやすくなると思われます」

「良い。……そなたくらいじゃ、この有事に名乗りをあげるのは」

国王は頭を抱えて、国が直面した大きな問題から目を背けたがる。

全権を欲しがっている騎士団長の言動は、今の混乱する自分の心には大きな救いに思えたのだ。

「全てお任せください。シールド・レイアレスの件は、全て私を通して陛下に報告させていただきます」

「頼んだぞ。しかし、エレインはなぜこのことを余に黙っておった。縁談を取り持ったというのに、夫となる人物がいなくなってなぜ平然としておる」

「その件も調べておきます。全てお任せください」

「ああ、頼んだ。余はもう休みたい気分だ。皆下がれ」

「はっ」

国王の命令で、謁見の間にいた全員が退いた。

数年執務をさぼってきたつけがまわってきた。

国の危機に、国王自らが心を乱され、配下の者に仕事を丸投げする有様である。

全ての権限が騎士団長に渡ったことを見て、謁見の間の隅で様子を窺っていた女性が、いよいよ重要な決断を下した。彼女の人生を左右する大きな決断を。

騎士団長が下がり、心労で疲弊した国王の前に姿を現したのは、珍しいことに宮廷魔法師の女性だった。

それも珍客中の珍客。滅多に人前に現れない人物だ。

「なぜそなたがここに？　謁見を許した覚えはないぞ。全員下がれと言ったはずだ」

国王の前に現れたのは、10人の宮廷魔法師、現最高位にして、史上最高の魔法師と称えられるオリヴィエ・アルカナその人であった。

淡い緑色の髪の女性で、長く伸びた髪をツインテールにして結んでいる。前髪も長く、髪で隠れたその大きな瞳で国王を見定めるように凝視していた。

しずかな立ち振る舞いと、清楚な顔立ちから密かに男性人気の高い彼女だが、いつも何を考えているか分からない不気味さがある。

無口なのも手伝って、より一層近づき難いオーラが彼女にはあった。少しつり目なのも、彼女の印象をより一層怖いものにする。本性とは全く違うが、彼女の本性を知る者は少ない。

国王も彼女のことを少し苦手に思っていた。

オリヴィエが政治に口出ししないのもあり、大きなイベントごとでしか面会することはなかった。ほとんど知らない宮廷魔法師がこんな緊急事態に姿を見せた。

「なぜ黙っておる。ここにいる理由を申せ」

宮廷魔法師といえども、無許可でこの場にいることは許されない。

少し苛立ちを隠せないように、国王が急かした。

「なぜシールド・レイアレスがいなくなった理由を調査しようとせず、強引に見つけ出そうとするのでしょうか?」

「見つければ理由も分かろう」

「調査する気はないと?」

「ああ、そう言っている！　余はもう疲れた、下がれ」

しかし、オリヴィエは動かなかった。

「この国で魔法師として最高の評価をされている私からしても、シールド・レイアレスは異質な才能でした」

「何の話だ？」

「当の本人が何も言い出さなかったので、この3年、私も口を挟みませんでした。しかし、彼の行った仕事に対する評価は不当なものだったと思います」

「余を責めているのか？」

「そう聞こえたなら、そうなのでしょう」

国王は今にも激怒しそうな表情をしていたが、オリヴィエは意に介さず話し続けた。

実際責め立てたい気持ちもあったからだ。

「私はもう自分の気持ちに嘘はつきたくありません。エレインとシールドの婚約が決まったとき、自分の気持ちを隠して泣いた夜を繰り返すようなことはしたくないのです。シールドがこの国を去ったのは、天が私に与えたチャンスだと捉えることにしました」

「先ほどから何を言っているのだ」

「泥船と一緒に沈む気はないと言っているのです。今日で宮廷魔法師の座から降ろさせてもらいます。私はシールドに会いにいく」

「やつがどこにいるのか知っているのか？」

「私でも調べれば、すぐに真相にたどり着けました。国王も良く目を見開いて、あなたの配下がしでかした愚行を知ってみては？」

——ではさようなら。

最後にそう告げ、オリヴィエが魔法を行使した。

そこにいたはずのオリヴィエが、霧となって一瞬にして姿を消した。

この国で最高の魔法師だ。何が起きたのか、国王にも分からない。誰も知らない魔法の可能性もある。

「真相?　一体何が……」

オリヴィエの残した言葉が重くのしかかる。

真相を知りたいような、しかし蓋を開けてそれを見てしまったら、とんでもない事実を知ってしまいそうな恐怖もあった。

一度オリヴィエの言葉を忘れて、国王は寝室に入った。

全てから逃げるように、目を閉じて、眠りについた。

国王から全権を貰った騎士団長は、目先の難から逃れたことを実感していた。

シールドの元婚約者エレインから話を持ち込まれたのは、およそ3か月前だった。

国にバリアを張ったシールド・レイアレスを追放したいと相談されたのが全ての始まり。

エレインは王太子に恋い焦がれていた。それなのにある日突如、シールドとの婚約を国王の鶴の一声で決められてしまった。

エレインにはどうすることもできず、一旦はシールドとの婚約を了承したかに見えた。

しかし、エレインは王妃になる道を諦めきれず、騎士団長カラサリスにシールド・レイアレス追放計画を持ち掛けた。

自分が王妃になった際には、騎士団長を生涯宰相の役職につけることを約束して。

欲にかられた二人は実行してしまった。計画はうまくいき、無事に追放し、暗殺の手まで回しておいた。

計画は全てうまく行っていたはずだったのだ。

それが先日、突如として崩れ去ったバリアとともに破綻した。

二人はこんな事態を想定していなかった。

たかだか、宮廷魔法師の一人を追放するだけだと思い込んでいたのだ。

空を覆うバリアは未来永劫この国を支えるものと思い込み、壊れず、ずっと自分たちの身を守ってくれるだろうと。この繁栄の起源を知りもせず、愚かな行動に出た。

3年前まで他国との問題が山積みだったことも忘れて、二人は平和ボケしていた。

バリアを作った本人の価値を忘れ、バリアについての詳細を知りもせず無謀な行動に出たつけが回ってきてしまった。

バレれば、二人の極刑は想像に難くない。

どんな惨(むご)い目に遭うか、想像するだけで背筋が凍る思いだ。

「なぜこんな愚かな計画を持ち掛けた！」

「今さらでしょ！　だれがあの絶対的なバリアが崩壊するなんて思うのよ！」

協力者だったはずの二人は、今は互いにいがみ合っていた。ドロドロの修羅場だが、運命共同体なのには変わりない。このままでは二人して地獄に堕ちる。

「なんとしても真実を隠すぞ。婚約破棄を見ていた者たちは、金で黙らせておけ」

「……分かったわ」

「シールド・レイアレスの捜索は俺に一任されている。捕まえ次第、拷問してでもバリアを張らせるさ。バリアさえ戻れば、どうとでもなる。この件は俺からしか国王に報告が上がらないようになっているからな」

「そっちは任せたわ」

「ああ」

二人は更なる黒い企てを試みる。

もう後には引けなくなっていた。

第二章

バリア魔法で築き上げる新時代

十話 —— バリア魔法で作る均衡

俺の身柄はミナントへと引き渡されることになりそうになっていたが、俺の人生を他人に決められるのはもう懲り懲りだ。

「ミナントからの話は確かに嬉しい。良い待遇だと思う。けれど、俺はどこにもいかない」

そう、この会議が始まる前から、自分の中ではある程度結論が出ていた。

でも話を聞いてみたいのは人の性ってやつだ。一体どんな条件で、どんな職を用意してくれたのだろうか、聞かないと後々気になりそうだったから。

「悪いが好きに生きさせてもらう。しがらみの少ない高収入な仕事を探すよ。その方が、俺には向いている気がする」

そんなものあるのかと、言った後に自分で疑問に思ったが、あることを願って探そう。

実際、正体がバレる前は、アメリアの家庭教師として高収入を得る予定だったわけだし。あのくらいがちょうどいい。政争にも、変な陰謀にも巻き込まれない立ち位置が。

「難しいと思いますよ？　むしろこの話を受けておかないと、あなたはずっと追われる身になるかもしれません。そのバリアは、今や世界中が欲している力ですからね」

ガブリエルの冷静な分析が心に突き刺さる。

実際納得できたので、何も言い返せない。

たしかに、この世界で俺が求めるような楽な立場はもうないのかもしれない。

バリア魔法を鍛え過ぎたかも！

「では、こうしませんか？　ミナントの東の地、ミライエの地をお譲りいたします。先代領主が亡くなり、ちょうど後任を探していたところでした。彼の地をお譲りいたします」

いや、先ほど断ったばかりだが？

しかも、それだと当然2国が許さないと思うけど。

「ミライエはシールド殿の自治領にしてください。わが国からの実質的な独立です。そして、その対価として、獣人の国イリアスと、ミナントのドラゴンの森に接する都市にバリアを張ってはいただけませんか？　そう、このエーゲインを覆う規模のバリアで良いのです」

なるほど、これはいい話かもしれない。

完全な自治領ってことは、俺が王様みたいなものだ。男なら一国一城の主になれ、なんて子供の頃に言われたが、まさか実現してしまう未来が来るだなんて。バリア魔法を鍛練しておいてよかった。

「あなたの強大すぎる力は、一国に偏るからいけないのです。バランスよく配備すれば、獣人の国イリアスもウライ国も不満はないはず。ドラゴンの森に近い都市は常にドラゴンの脅威にさらされているし、他国との最前線にあたる土地でもあります。そこにバリアがあるだけで、国の防衛力は今より遥かに上がるのです」

この大陸の中央に位置するのがドラゴンの森だ。

そこにバリアがあるのは、確かに効果的なのだろう。

「面白い条件だ。考えてみる価値はある」

メレルも、辺境伯も異論はないらしい。

既にバリアが張られている辺境伯からしたら、少し損な話とも思えた。

しかし、辺境伯は何も言ってこないので、良いのだろう。

やはりガブリエルが言ったように、力の均衡を保つことが何より重要だと考えているんだろうな。

「イリアスもその条件には賛成だ。乳だけでなく、頭もしっかり動く女のようだ」

「あら、どうも。猫の美人剣士さん」

「ウライ国も賛同する。シールド殿が良ければ、条件を飲まれてはいかがかな？　ミライエは我が国と隣接しているので分かるのですが、豊かな資源に恵まれた土地ですよ。自治もしやすいかと」

ほう、人の良い辺境伯がそこまで勧めるか。

下見をしないで話を進めるのは危険な気もするが、俺を騙したらバリアの件もあるし、そんな馬鹿な真似はしないだろう。

最悪ミナントだけ俺を敵に回してしまいかねない。それはガブリエルの望んだ均衡とはかけ離れたものになってしまう。

「……いい話に聞こえる。受けてみていいかもしれない」

「では、それで話を進めましょう。悪いようには致しませんので」

「おっ、おう」

土地を、それも独立した権力を持つ土地を貰うことが、こんなにもあっさり決まってしまうのには少し戸惑う。

それでも、確かに3国にとっても美味しい話なので、躊躇する必要もないのか。

なんだか、この場で俺だけが政治のやり取りに慣れていないみたいで、堂々と振る舞えない。

うーむ、もっとしっかりせねば。この話を正式に受けるなら、これからは自治領を統治する身なのだから。

辺境伯が手を叩くと、部屋の外から祝杯を持った使用人が入ってきた。

祝いのシャンパンだ。

グラスに注がれるお酒が、綺麗にパチパチと弾けてとても美味しそうだ。

「今日の決定を祝して」

乾杯が行われた。

バリア魔法の会議と銘打たれたこの会議は、後日正式な書類にまとめられた。

契約通り、まずは北のイリアスに向かい、ドラゴンの森に面する都市にバリアを張った。

正確にやりたかったので、一日かけてじっくり作り上げた。

本当は一日もいらないが、正式な契約のもとのバリアなので、1時間で終わらせるのはなんか感じが悪いかなと……。

「シールド・レイアレス、そなたが自治領主となってても関係はない。私の夫になってもらう話は済んでいないからな」

「あいよー」

獣人の国イリアスにバリアを張り終わり、メレルと別れる際にまた結婚の話をされた。

悪い話じゃないが、どうもグイグイこられると逃げたくなってしまう。彼女は美しい人だが、まあ一旦先に延ばしておこう。

そういえば、エーゲインの街を出るときもアメリアにしがみつかれて大変だった。

辺境伯がなだめてくれなかったら、出発がもう一日遅れていたことだろう。泣かれていたら大変だったが、それはなくてなんとかなった。

最後にミナント最北の都市にバリアを張る契約だ。

立ち合いにはもちろんガブリエルがいた。

空間魔法を使う彼女は、移動の感覚が俺らとは違うのだろう。

イリアスにバリアを張るときも陰から覗いていたことを俺は知っている。

こちらも一日かけて丁寧にバリアを張っておいた。

1時間は心証的によろしくないので、丁寧にやりましたよ感を演出するためだ。

「ありがとうございます。これにて、仕事は終了です。ミライエ自治領は契約通り、シールド・レイアレス様のものとなります。領地まで送らせますね」

手厚い警護をつけてくれるという話だったが、それは断った。

仰々しいのは苦手だ。

「ミナントの国は、自由に動き回っても良いのか？　自治領につくまでに、ゆっくりとこの国を見

て回りたい。豊かな国だと聞いている。少しの間でも、その文化に触れられれば幸いだ」

「関所を通る通行許可証をお渡ししておきます。それと自治領主様の証明となる、ルビー魔法石で作ったブレスレットも」

先代領主の使っていた屋敷の使用人には既に話が通っているみたいで、ブレスレットを見せればその証明となる。屋敷には問題なく入れるとのことだ。

領民もある程度事情を知っているので、追々俺を認知させて行くことが大事だろう。

焦らなくても自治領主として、そのうちみんなに認めさせるさ。

俺にはバリア魔法があるんだから。バリア魔法は最強なので、きっと俺を支え続けてくれることだろう。

「ブレスレットはなくさないでくださいよ？　いろいろと面倒ですからね」

「おう。任せときな」

「ほんとうになくさないでくださいよ？　ほんとうに、ほんとうですよ？」

「お、おう……」

フラグを立てるのやめて！

念のために、もう一度道順を聞いておいた。安全な旅のためにも、確認は大事だ。

「ここから歩いて行くとなると、１か月くらいかかりますかね。ゆっくり我が国を見ていくといいでしょう」

最後まで良くしてくれたガブリエルに礼を言う。

こんな形になったのも、ガブリエルのアイデアから始まった。

一番の恩人と言ってもいいかもしれない人だ。

「ありがとう。ミライエで望んだ生活が出来たら、その時はまた別の形で礼をさせてもらう」

「それならば、私を嫁に貰って下さいな。エーゲインの小娘よりも、北の獣人女よりも、私はずっといい女ですよ？」

「……考えておく」

相変わらず強い押しに弱い俺は、ガブリエルから逃げるように去って行った。

美しい顔と大きな胸は魅力的だが、今は自由が何より欲しい！

「さあ、行くぞフェイ！　路銀はたんまりとある」

「それはいいことじゃ」

俺とフェイは自治領までの道中を楽しむことにした。

金はある。いい旅になりそうだ。

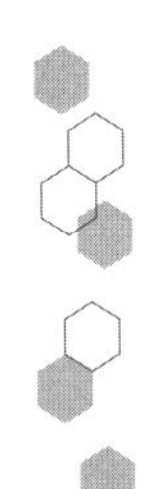

エーゲインの街、一人の美しい女性が街の人間を捕まえて尋ね回っていた。
「すみません、シールド・レイアレスがこの地に来ているはずだけど……」
「ああ、例のシールド様か。たしか北の獣人国に行ったと聞いたぞ」

「そうか。旅だったか。では、後を追うとしよう。私の将来の夫を求めて。きゃっ、言っちゃった……」

元宮廷魔法師オリヴィエ・アルカナは、ヘレナ国を発って、エーゲインの街にいた。

二人はすれ違う。

目的のシールドには、まだ会えていない。

十一話 ―― バリア魔法で路銀稼ぎ

相変わらず、フェイのやつは俺に付きまとってくるくせに何も仕事をしようとしない。

自治領主になったとはいえ、自由な旅を希望した俺は、ミライエへの旅路を楽しむつもりでいた。

ガブリエルから貰った路銀も十分なものだったはずが、隣を歩く見た目は少女、中身は最強のドラゴンが食いつぶしてしまった。

10人前を平気で食うので、ガブリエルはそこら辺を計算した路銀は持たせてくれていない。

「おい、働くぞ。このままじゃ領地を貰ったのに、辿り着く前に死んでしまう」

「お主が働け」

誰よりも食べておいて、こいつは働く気がない。

「野垂れ死にしたら我が食べてやる。その時はバリア魔法を我のものにできるし、何も悪いことなどない」

「ぐぬぬ」

そういうことだ。こいつには働く理由がない。

むしろ俺が死んだ方が、都合いいくらいだ。

見た目可愛らしい少女に働け！　なんて言っていると周りから虐待しているのかと勘違いされるので強くも言えない。言ったところで、さっきの論を言われれば、こちらとしてはお手上げだ。

相手が悪い！

「仕方ない。俺が働くしかないか」

思わぬ足止めだ。楽しい旅路のはずが、金欠の旅になるとは。

東へと進む途中、小さな街で路銀を稼ぐために、一時的に拠点を決めた。

『カナテの街』を拠点として、金を稼がねば。

以前は辺境伯の人の好さにも助けられて運良く仕事を得られたが、身分不明、自称新領主の俺を雇ってくれるところなんて限られてくる。

基本的にバリア魔法を街に張って、領主から金をせしめるのはなしだ。

自分のバリア魔法が国を動かすものだと知ったので、もう気軽に使えない。

やはり正体を隠して地道に稼ぐにはあそこしかないか。

俺は冒険者ギルドに来ていた。

「頼むぞ～、いい仕事が見つかってくれ」

フェイと二人してギルドに入っていった。大きな建物には、屈強そうな男や一癖も二癖もありそうな魔法使いが出入りしていた。

俺は冒険者としての経験がほとんどないので、ここでも新規の登録となった。

渡されたのは最底辺のE級冒険者の証。

地道に仕事をこなせば評価が上がって、冒険者のランクも上がるらしい。

しかし、それでは困る。

俺は路銀を稼がねばならんのだ。この街で暮らして行くつもりなんてない。

「強い魔物の討伐依頼なんて出てないか？　それを任せて欲しいのだが」

相手が強い魔物であればあるほどいい。力に自信のある魔物は、決して逃げたりしない。たいていは、殺意に満ち溢れてこちらを襲ってくる。

襲われる状況さえできれば、どうにでもなる。

しかし、俺の魔法の特性上、逃げるような魔物はどうしようもない。

逃げないで！　魔物ちゃん！

「紹介できる仕事は薬草採取とか、最弱の魔物くらいですよ」

ニコニコ顔の受付の人は、強い意志で俺の要求を跳ね返した。

その営業スマイルの下には、まったく笑っていない感情が潜んでいることくらい俺にも分かる。

「仕事はちゃんとこなすから。死んだってそちらには迷惑はかからないだろう？」

「だめです」

スパッと断られた。問答無用らしい。

鉄の笑顔は崩れない。

終わった。俺には薬草採取の才能も、逃げるような弱小魔物を狩る才能もない！

「お困りか？」

イケメンの剣士が揉めている俺たちに声をかけてきた。

なんだこら？　イケメンは嫌いだ。やんのか？

「アイザスさん。こちらの冒険者さんがもっと難しい仕事をこなしたいと。無理をされて死なれでもしたら、冒険者ギルドとしても困ります」

自己責任で良いと言ったが、冒険者ギルドも体裁があるんだろうな。無理を言っているのは承知の上だが、こちらも背に腹は替えられないからごねている。

「良かろう。では上級冒険者の世界を見せてやろう。これから冒険者としてやっていくなら、一度上の世界を見ておいても損はないだろう」

なんかすんごい上から目線な人きたー。イケメンだし、上からものを言うし、俺はこいつが嫌いだ。

上から言いすぎて顔が見えないレベルだ。

だけど、こんな美味しい話はない。

連れて行ってくれると言うなら、連れて行ってもらおうか。

「報酬は山分けだ。それでいいか？」

「ああ、初回サービスだ。僕たちの世界を味わって絶望させることだろうから、お見舞い金にそのくらいはあげるとしよう」

馬鹿め。報酬は山分けって、フェイも頭数に入れているからな。

こちらの取り分が増えるなら、姑息な手も使う！　悪いが、食費がかかっているんだ！

「アイザスさんはこの街最高のB級冒険者。難しい依頼をこなしてもらいたいのに、新人さんの相手など……」

「いいのさ。高難易度依頼と新人教育、一緒にこなせることになる。これだって立派な貢献になる」

サラサラの前髪を横にかき分けて、イケメンが受付の女性に告げる。

女性の目がハート状態である。俺のときと明らかに接し方や、口調の優しさが違った。

鉄の笑顔はどこ行った！

「では、ギンガメの依頼をお願いします。難易度としてはA級相当ですが、アイザスさんならこなしてくれるでしょう」

「ああ、それで構わない。僕の力を見せるには強い魔物の方がいいだろうから、それで行こう。魔物の詳細な情報を頼む」

依頼書と共に、魔物の情報も貰えた。

ちゃんと俺の分も用意があるらしい。貰うときに受付嬢に抵抗を感じたが、あれは勘違いだと信じたい。

場所はこの街の近くにあるダンジョンで、地下の洞窟に潜っていくらしい。

ギンガメという魔物の名前の通り、銀でできた体をしており、殻だけでなく肉体にも弱点がなさそうだ。

特徴として、危険な魔物には違いないが、脅威を感じると甲羅に閉じこもって身を守るらしい。

隙間から身を斬ろうにも堅くて困難。

銀の甲羅には、特殊な魔力が込められており、物理魔法共に強い耐性を持つ。

なるほど。

……相性が地獄です。

攻撃してよ！

俺のバリア魔法に攻撃して！

なんで甲羅に閉じこもるような魔物の依頼なの？

「おや、顔色が悪いね。ふふっ、あれだけギルド職員を困らせたんだ、今更魔物の脅威に怖気づいて逃げだすなんてないよな？」

「……だれが怖気づいてるって？　楽勝だよ」

「ふん、ギンガメを前にしたときにも、そのふてぶてしい態度をとれると良いけど」

詳細を見たアイザスも依頼に問題はないと言って、正式に仕事を引き受けた。

ギンガメの討伐依頼も報酬が美味しいけど、ギンガメ自体も銀でできているので素材を売れば相当な金額になるらしい。

軽く見積もっただけで、かなりの額になることが分かった。

こちらは3分の2を貰うので、路銀には十分すぎるくらいだ。

アイザスと握手を交わして、時間をおいて、一緒にダンジョンに入ることとなった。

イケメンで、この街最高の冒険者であるアイザスは、街の中でも人気者だった。

ダンジョンに入るための準備をするから、街中を回っている時もいろんな人に声をかけられている。

途中、困ったおばあちゃんを助けたり、馴染の八百屋さんと話し込んでいたりもした。

少しキザで、イケメンなので嫌いだったけど、根は凄くいい人みたいだ。

どう考えても、悪役は俺のほうじゃね？

冒険者ギルドでごねて、上級冒険者に寄生するなんて。

器のでかいアイザスと、小物のシールドだ。

冷静に考えれば、周りにはそう見えているに違いない。ていうか、完全にそうなっている！

「ダンジョンに入る前に腹ごしらえもしよう。もちろん僕の奢りだ」

俺とフェイは喜んでついて行った。

アイザスは良いやつかもしれない。うん、飯を奢ってくれるんだ。良いやつに決まってる。

けれど、奢りは後悔することになるだろうな。こちらには腹をすかせたフェイがいる。

獣人の国イリアスに辿り着いたオリヴィエ・アルカナは少し肌寒いこの土地に苦労していた。露店にて、毛皮でできた服を買って、それを着る。スタイルの良い彼女には良く似合う毛皮のコートだ。

「すまないが、このバリアを張った魔法使いを捜している」

買い物ついでに情報収集を開始した。

自分で描いたシールドの似顔絵は、だいぶ美化されてかなりのイケメンと化している。

「ああ、人間のすごい魔法使いが張っていったらしいね。これで3年間、この街は安泰らしい」

バリアのことは当然オリヴィエも知っていた。肝心のシールドの行方を知りたい。

先を促すと、続けて答えてくれた。

「そうだなぁ。俺自身会ってはないけど、既に発ったと聞いたぞ。次は南の国に行くって話だったかな」

「えー……うっうっ」

またもすれ違い。オリヴィエは北の国まで来たというのに、またもシールドと出会えずにいた。

降ってきた雪が、より一層彼女を寂しい気持ちにさせる。

頬に垂れた水滴は、溶けた雪か、それとも涙だったか……。

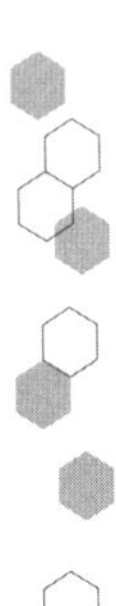

「準備はいらないのか？」

アイザスが心配そうな顔をして聞いてくれるが、俺は何もいらない。振り返ってフェイに聞くが、飯があれば良いそうだ。

かなりの額を奢ってもらったのに、涼しい顔をしているアイザスはきっと金持ちに違いない。俺も遠慮せずデザートとか注文しておけばよかった。

「俺たちは何もいらない。アイザスがいいなら、出発しよう」

泊まりの仕事になるかもしれないと言われたが、それでも問題ない。

自分のことは何とかする。

フェイはもともと人の家に泊まるようなやつじゃないし、やはり問題はない。

「なにも準備していないじゃないか……。素人すぎるぞ。まあ、一度痛い目にあえば嫌でも学ぶか」

イケメンアイザスとは、飯を奢られた関係で仲良くなっているが、まだこうしてたまにチクチク言葉が出てきたりする。ふわふわ言葉を心がけろよ、イケメン！

段取りが済み、ダンジョンの場所まで馬車での送迎があった。

これは冒険者ギルドの手配なので、費用は掛からないらしい。

金のない俺たちにはなんともありがたいシステムだ。

「シールドとフェイは前衛と後衛どっちを担当するんだ？」

どっちと言われても。

特にないけど。

「俺はどっちでもいいかな。フェイは？」

「我もどちらでも良い。というか、戦う気はない」

アイザスが頭を抱えた。

そんなにまずいことでも言っただろうか？

「ここまで素人だとは。君たちに冒険者たるものがどういうものか教えてやる必要がありそうだ」

俺は自治領主なので、そんな必要は一切ないのだが、教えてくれるというなら教わろう。実際、俺は弱小魔物を狩れないわけだし。

「冒険者というのは基本的にパーティーを組んで、それぞれの役割を決める。役割を決めた方が、戦闘の幅が広がってあらゆる魔物に対処できるからね」

「でもアイザスはソロだ」

「ああ、僕みたいに器用なタイプは一人でもなんとかなったりする。魔法剣士で、回復魔法の心得もあるからね。でもいつかはパーティーメンバーを探さないといけないと思っている」

なるほど。

ちょっと待て、今解説の中に自慢が入ってなかったか？　1回目だし、許すか。

冒険者には役割が大事なのか。ならば、さぼらず、弱小魔物を狩ってくれる器用なやつが欲しい。

うちのパーティーに欠けている人材だ。

……あれ？　アイザスじゃないか！

ぴったりだ。一人で何役もこなしてくれるし、愛想も良くて人気があって、話を上手にまとめてくれる。

なんだか、俺に足りていないものを補ってくれる人材を見つけてしまったかもしれない。

「今の話を聞いて、自分にはどこが相応しいか想像ついたかい？」

「うーん、たぶん前衛だな。前は俺に任せろ」

「なるほど。魔法剣士の僕も基本的に前衛になる。上手に連携をとればいいけど、今日は自分の身を守っていれば、それでいいから」

「おう、分かった」

アイザスは本当に良いやつだな。

いずれうちの自治領に来たら、いい仕事を斡旋してあげよう。

ダンジョンは森の中にあった。

地下へと潜る洞窟内がダンジョンとなっている。

ギンガメが巨大化しすぎてしまい、洞窟内の生態系が崩れてきているらしい。その余波が森にも出てきて、森の魔物が活発化しているため、今回の依頼がギルドから要請された。

街一番の冒険者であるアイザスは大変だな。今回は格上の魔物だというのに、二言三言交わしただけで仕事を受けちゃうんだから。緊急の仕事っぽいし、断れない立場なのもあるんだろうな。尊い存在だ。

守りたい、このイケメン。

「よし、行こう。僕が通ったところを歩くように。足場が悪いから気を付けて」

アイザスの言う通り、薄暗い洞窟内は、地面が湿っており滑りやすい。

といっても、滑りやすいのが分かるだけで、俺が滑ることはない。

体に沿うように張ったバリアは常時発動型で、身を守ってくれる以外に、フィールド効果を無効化してくれたりする。

つまりトラップを踏もうが、地面が滑りやすかろうが、多少のことは無効化してくれる。もちろん限度はあるが、この程度のダンジョンなら余裕だろう。

慎重に苦労して降りていくアイザスを後目に、俺は軽快なステップで駆け下りていった。

フェイもドラゴンだ。

背中の翼でスイーと滑らかにこの岩場を飛び降りていく。

「なっ!?」

かなり後ろに置いてきたアイザスが驚きの声を発していた。

どうせなら背負ってきてあげればよかったか。飯を奢ってもらったし。まあ、今更思っても遅い。

下に降りて、二人でのんびりアイザスの到着を待った。何個かキノコを収集して、フェイに食べさせた。うまいらしい。こいつよくなんでも食べられるな。

「驚いたな。二人とも凄い特技があったものだ。冒険者ギルドで無茶を言うだけのことはあったのか」

「滑る地面に強いだけさ。さあ、先を急ごう」

雨が降ったらここは水浸しになるらしい。

そうなったら俺のバリア魔法での対処方法も限られてくる。危ないのは嫌なので、早いとこ仕事を終わらせて帰りたいものだ。

「待て！　ここはB級魔物がいるダンジョンだぞ。そこら辺に危険な罠があるかもしれない」

俺は既に踏んでしまった罠をアイザスに見せた。

このくらいじゃ、1万個踏んだって俺の体を守るバリアを割ることはできない。

「俺の後を歩くといい。俺には罠が効かないから。こういうのが役割分担だろ？」

先ほどアイザスが言ってくれたことをそのまま返した。

「……ああ、そうだけど君は一体」

「なに、ただのE級冒険者だ。行くぞ」

ガコン、ガコンと罠を踏み荒らしていき、俺たちはダンジョンの奥へと急いだ。罠が足に噛みついて、おっ、重い……。

「ちょっと待て。おかしい。異常事態かもしれない」

道中、アイザスが物騒なことを言い出すから、少し警戒した。

立ち止まって、言葉の真意を聞いた。

「魔物が一切出てこないのだ。なぜこれほどのダンジョンで魔物が出現しない!?　何かとんでもない異変が起きているかもしれない」

ああ、それはあれだ。

魔物が逃げているからだ。

フェイの発する強者のオーラが、魔物を遠ざけてしまう。

こいつのせいで、魔物が碌に寄って来やしない。

だから俺はいつも弱小魔物の狩りに成功できないのだ。

フェイがドラゴンだと言い出したら、また長く質問されそうなので、アイザスの疑念は晴らさないでおいた。

すまないな。しばらく不安な気持ちでいてくれ。別に何も起こらないから、ギンガメを倒すまでは我慢しておくれ。

トラップを無効化し、フェイが魔物を遠ざけ、俺たちは無事にどころか、ただ歩くだけでダンジョンのボスであるギンガメの下（もと）まで辿りついてしまった。

「想定していた時間の半分もかかっていない。武器や体力の消耗もない以上、成功の確率が跳ね上がったと言っていいだろう。しかし、油断するな。冒険者は無事帰るまでが仕事だ」

「分かった。じゃあ、やるとしようか」

目の前に居座るのは、体調10メートル、高さ4メートルはあろうかという、銀でできた巨大な亀だった。本当に表面上は銀だ。中身もぎっしり銀でできているとなると……。ぐふふふ、夢が広がる。

体中苔や土が被っているが、水で流して磨けば光り出しそうなほどの純粋な銀の塊である。

見ているだけで面白い魔物だな。

俺たちが近づいたのを感じて、ギンガメは４本脚を動かして突進の構えをとる。

フェイのやつがいても、流石にボス級は逃げ出さないらしい。

こういう魔物を待っていたんだ。こういう相手を任せてくれるなら、俺だって路銀に困りはしなかった。

「ギンガメのタックルが来るぞ！　しなやかに動く脚に騙されるな！　あれは間違いなく銀だ。鋼鉄の塊にぶつかられるのと同じだと思え」

任せておけ。

そういう相手は、俺のお得意様だ。

バリア魔法を張ろうとして構えていたら、後ろから肩をグイッと引っ張られた。

力強く岩陰へと引っ張られる。

「おわっ!?」

「馬鹿野郎！　いきなり死ぬ気か。あいつはな、熱で溶かしながら長期戦を見据えて戦うんだ。俺がいくから、ここで見ていろ。飛び出して死んだりしないように！」

魔法剣士と言っていた通り、剣に炎を纏わせてアイザスがギンガメに横から斬りかかった。

狙うのは脚と首、頭らしい。

甲羅からはみ出している部分か。甲羅は同じ銀と言っても、堅そうだもんな。

素晴らしい動きだが、なんていうか……。地味なやり取りだ。

ギンガメの体が少しずつ削られているが、アイザスの剣の方が、消耗が激しい。

まだまだお互いに手の内を隠しているようだが、ぎりぎりの戦いすぎて見ていられない。

アイザスにはメシを奢られた恩がある。飯の恩はでかいんだ。そろそろ助けてやるか。

俺は指笛を鳴らしてギンガメの注意をこちらに向けた。

視線の真ん前に飛び出して、こっちに突進してくるように誘導する。

「馬鹿な!?　隠れていろと言ったはず！」

ギンガメがターゲットをアイザスからこちらに切り替えた。

亀とは思えないスピードで突進してくる。

銀でできた顔の先端にある口元には、鋭い銀の牙が無数に生えている。

だが、関係ない。

『バリア――物理反射』

突っ込んできたギンガメが俺の展開したバリアとぶつかり合う。

凄まじい勢いの突進は、そのままギンガメに返される。威力を全てお返しする！

頭からぶつかってきたギンガメはバリアを突破できない。衝撃で首が上に仰け反り、銀の耐久力を超えた瞬間、ギンガメの首がガキンと鋭い金属音を鳴らして折れた。耳に障る鋭い音だった。

クルクルと回転しながら銀の首が洞窟内に吹き飛ぶ。

大事な銀だ。後から拾いに行こうと思う。

「なっ……!?」

アイザスは開いた口が塞がらない様子だ。飯の恩くらいは返せただろう。

魔物だったギンガメが、巨大な銀の塊となって目の前に残ってくれた。

これを運ぶのは大変な仕事になりそうだ。

試しに触ってみたが、確かな重みがある。

「何をしたんだ!? ギンガメの首が、急に飛んだけど。本当に何が起きたんだ!?」

何が起きたって、俺の唯一使える魔法を使ったまでだ。

「バリアを張った」

「バリア……そんな初級魔法でギンガメの突進を止めただと？ 君に反動は来なかったのか？」

「全然」

なにせバリア魔法しか使えないからね。あれしきでいちいち反動を食らってたら、バリア魔法使いとしての名折れである。

驚きっぱなしのアイザスが俺の魔法について詳しく聞いてくるが、何も説明することなんてないんだよな。

バリア魔法を極めただけであって、それ以上でもそれ以下でもない。

そんなに驚かれるようなことでもない。だって逃げる相手にはどうしようもない魔法だし、冒険者としてはアイザスの方が絶対に優秀だ。

凄いのはお互い様だ。

俺とアイザスが話し込んでいると、フェイが既に息絶えたギンガメの甲羅の上に飛び乗っていた。

何やら観察をしており、振り向いて聞いてくる。

「こやつの甲羅。特殊な魔法がかかっておる。最初から甲羅に閉じこもられて、守りの魔法を使われてたら、お主たちではどうにもならんかったな」

ごもっともだ。見た目からして守りの強そうな魔物だもん。

フェイがいるから守り一辺倒の心配もしたが、流石はダンジョンの主なだけはある。

力量を調べてから閉じこもるつもりだったのかもしれないが、結果として良い方に出てくれた。

「この甲羅、少し食べさせてもらう。お主のバリア魔法程ではないが、いい防御の手段になり得そうじゃ」

「あっ」

大事な素材の銀だ。それは金になる。

全て売り払いたいところだったけど、制止する前にフェイが魔力のこもった拳で甲羅を叩き割った。

衝撃波が突っ立っているアイザスを吹き飛ばした。

既に絶命しているとはいえ、信じられない堅さを誇るであろう甲羅を一発かよ。

あいつ本当に見た目と中身の一致しない生物だな。

叩き割った甲羅の破片をぼりぼりと食べだすし、どんな顎と歯だ。

「うむ、まずくはないのう」

「お腹下しても知らねーぞ。それと、ほどほどに頼む。それは俺たちの路銀になるんだから」

「分かっておる。少し食べればそれでよい」

フェイは対象を食べることで、能力を引き継げるドラゴンらしい。

それで俺のバリア魔法も狙っているらしいから、いずれ俺も食べられちゃうんだろうな。

普通に考えて、フェイって最強だよな？

今でさえあの化け物染みたパワーに、多様な魔法も使うし、生きている長さが人間とは違いすぎる。

俺のバリア魔法まで吸収されるとなると、このドラゴンはどこまで強くなるのか。流石に、最強のドラゴンと呼ばれるだけはある。

俺がこいつと出会ってしまったのは、人類の未来にはよろしくない気がしてきた。今さらどうしようもないけど。

「お主の体の一部もくれたら楽なんじゃけどな」

「ほらよ」

俺は手を差し出す。体を覆うように常にバリア魔法を使っているので、当然食われる心配はない。ちょっとした意地悪である。しかし、ここで気になることがあった。

「俺の髪の毛とかでも……あっ」

「心配せんでももう試しておる。ダメじゃった。あれほどの魔法じゃ。髪の毛程度じゃだめらしいのぉ」

そういうものなのか。

ボリボリと凄まじい音を立てながら、フェイが甲羅を咀嚼し終わり、飲み込む。

背中の翼が仕舞われ、代わりに銀の甲羅が出てきた。

「ほう、不格好じゃが、面白い。魔力を込めれば込めるだけ堅くなるぞこれは。非常に面白い甲羅じゃ」

「だっせーからやめといた方がいいぞ」

面白いからいいけど。美少女に甲羅。結構笑える。

「そうか？　なら困ったときにだけ出すとしようかのう」

フェイがギンガメの甲羅から飛び降りた。

満足気なので、まあいいだろう。銀は十分残っている。

「ちょっと待った!!　シールド、君もおかしいけど、彼女今何をした？　甲羅を素手で割ったぞ！　その後に食べたぞ！　そして背中に甲羅が出たけど!!　すんごい衝撃波が来たけど!!」

「そうだよ」

俺も見ていたから当然知っている。何を今さら。

ああ、こいつはフェイの正体を知らないのか。

「フェイはそういうやつだ。あまり気にするな」

「いーや気にするね。ギンガメを一撃で葬る男。それを食べる仲間。君たちはなんなんだ!?」

「うーん」

どこから説明したものか。

とりあえず、ダンジョンは空気が美味しくないので地上に上がることにした。

甲羅の破片と、ギンガメの一部を持って帰ることで討伐証明とする。

討伐が一日で終わったことを、冒険者ギルドの受付は凄く驚いた様子で対応していた。

「アイザスさんが嘘をつくとは思えませんが、それにしても早すぎます」

「……僕にもまだいろいろと理解できていないんだが、この二人が全てやってくれたんだ」

「お二人が？」

仕事をこなしたという証明はアイザスがしてくれた。

ちゃんと詳細に説明するあたり、誠実な人だ。

「本当にギンガメを倒せるお方だったのです。ですが、ルールでランクは1段階ずつしか上がらないようになっているのです。今回の討伐でランクDまで上げることは可能ですが、それ以上は私どものほうでは……」

少し困った顔をされた。

「それでいい」

俺たちは路銀さえ手に入ればいいので、今回はそれで大丈夫だと伝えた。

むしろ肝心なのはこれからだ。

報酬は山分け。つまり3分の2を俺たちが貰うという交渉を始めなくてはならない！　金で揉めるのはトラブルのもとだが、流れはこちらのものだ！

「何を言っている？　報酬は全部君たちのものだ」

まさかの返答だった。

何を言っている、と言われた瞬間はどきりとしたものだった。揉める覚悟はあったけど、本当に揉めるのか!? って感じだった。

「僕は何もしてないからね。むしろギンガメの脅威を舐めていたくらいだ。一人だったら生きて帰れたか分からない程の相手だったと思っている」

「おっおう。じゃあさ、飯でも食ってく?」

「是非一緒に。後学のためにも話を聞いておきたい」

イケメンアイザスは、心までイケメンだったので飯を奢ってやることにした。

流石に総取りは俺も悪いと思った。人の心が残っている自分に安心だ。

ダンジョンに入る前にご馳走された飯屋がうまかったので、そこでもう一食食べた。

前回フェイが恥ずかしいくらい食べたので、アイザスにも好きなだけ食べて欲しかったけど、このイケメン、少食だった。

「で、あの魔法はなんなんだ?」

「バリア魔法しか使えなかったから、バリア魔法だけを訓練してたんだ。これでもバリア魔法だけで宮廷魔法師の地位まで上り詰めたんだぞ」

俺の過去と、最近あったことを話した。

信じてもらえるか心配だったけど、ギンガメの件があったからだろう、すんなりと受け入れてくれた。消化には苦労してそうだけど、飲み込んでくれただけありがたい。

「うわさに聞いていたヘレナ国が手放した伝説の男は君だったのか。まさかミナントに来ていたとは。しかも、自治領主になったとはね。僕たち庶民には知らされていない情報ばかりで驚いているよ」

「そうか。良かったら一緒にミライエに行かないか？　アイザスがいるといろいろ便利そうだ」

いかにも器用貧乏……違う、違う。万能なアイザスは旅に必要な人材だ。俺とフェイは共に不器用なので、こういう人材がいるととても助かる。

「いずれ行ってみたいが、今はやめておく。僕はこの街一番の冒険者だからね。後任が見つかるまでは、ここは離れないいさ」

「そうか、街にバリアでも張ろうか？　そしたらアイザスも自由に動けるだろう」

「聖なるバリアのことをそんなに気軽に口にしないでくれ。感覚がおかしくなりそうだ。それに聞いた限り、あのバリアは政治面に大きな影響を与える。やめておいた方が賢明だぞ」

それもそうだった。

この発言は、フェイにも怒られてしまった。

また面倒事に巻き込むつもりかと言われたが、すまない。

なんども同じミスをしてしまうのは、俺の認識と世間の認識に差があるからだ。

このバリア魔法が凄いものだと、もっと自覚を持たなくては。

ギンガメの回収作業と、換金作業にしばらく時間を要したので、この街には2週間ほど滞在した。

その間の面倒はアイザスが見てくれた。

家にも泊めてくれたし、思っていたより数段良いやつだった。

恩が出来てしまったので、こっそりとその体を覆う透明なバリア魔法を張っておいた。

アイザスは冒険者だ。常に危険と隣り合わせ。

このくらいのバリアは世間に影響もないし、ちょうどいいくらいのお節介だろう。

十二話――バリア魔法で呪いを祓う

「村の呪いを祓ってくれたら金をくれるって言うんですか？」

「そうじゃ。うちの村はこれでも結構貯えがある。ボーナスも弾むぞ」

目の前の美味しい話に、俺は思わずごくりと唾を飲み込んだ。

ギンガメを倒して得た報酬は、既に手元に残っていない。

余裕でミライエまで持つと思われた資金が1週間持たずに底を尽きた。

それもこれも、高い店で飲み食いし過ぎたせいだ。

パリピ生活の癖が抜けなかったのと、フェイのやつが高い店でお腹一杯に食べた後にスイーツまで注文するから！

外でスイーツを食べたら同じ金額で10倍の量は食べられたのに。

なんてせこいことを考えても仕方ない。

金がなくなったのを今さら後悔しても戻ってきたりはしないので、小さな村を見つけて仕事を貰うことにした。

村長から託された依頼が呪いの解除らしい。

悪いが、そんなスキル俺にはないぞ。幽霊とか普通に怖い。だってバリアをすり抜けそうだし。

「……やります！」

背に腹は替えられなかった。

飯代のために、俺たちは村の呪いと戦うことにした。

村長宅を出て、二人になったところで、フェイが心配そうに俺のことを見てきた。

「大丈夫かの？　こんな仕事を引き受けてしまって」

「仕方ないだろ。もう2日も何も食べてないんだ。出来るって言わなきゃ、村から追い出されそうな雰囲気だったし、この先またいつ集落があるか分かったものじゃない」

「飢え死にしたらそれはそれで良い。お主の寿命を待たずにそのバリア魔法を吸収できるからのぉ」

「ぐっ……」

結局のところ、俺の方がやばいって訳か。

こいつなんて何十人前も食べてるからな。元々がドラゴンなので消費カロリーも多そうだが、間違いなく俺よりは空腹に耐えられるはずだ。

先に倒れるのは間違いなく俺というわけか。

「仕方ない。行くぞ。原因を探し出す」

「ほう。やる気じゃないか」

そうでもない。けれど、飯を食わせてくれた村長が家から出てきて、こちらをジトッと睨んでいるのだ。

信頼していないという目つきだ。

サボっていたら何を言われるか分かったものじゃないので、さっそく動く。

原因を特定できなくても今晩の夕食くらいはご馳走してくれるだろう。

ただでさえ、フェイのやつがドン引きするレベルで食べているので、村長への負い目で俺は走り出すように原因を特定しに行った。

村は木の柵で囲われた平和なありきたりな村だ。

水飲み場の井戸から綺麗な水を汲んで飲んでみたら、とても澄んでいて美味しい。

冷たくのど越しがいいのは、ここの土壌が綺麗な証拠だろう。

村の中にはいたるところに丁寧に耕された畑があり、作物が実っている。

食材に特段おかしなことはない。

家畜も飼っているが、こちらも特段異常はなく、村人以上に元気だ。

この村では、１か月前から村人が徐々に不調を訴えて寝込み始めたらしい。

原因不明で、街から呼び寄せた医者もお手上げ状態だという。

近く、癒しの魔法を使う神父さんが来て下さるという話があるらしいが、それよりも俺たちが先に到着したのでこうして仕事にありつけたわけだ。

ラッキーといえばラッキーだが、変なことを背負い込んだのも事実。

「神父だと嘘をつけばもっと楽に稼げたのではないか?」

「たまにとんでもないことを言うよな、お前」

ドラゴンがそういう生物なのか、フェイの性格が悪いだけなのかは知らないが、そんなアイデアは今後も却下だ。

「村の中に異常はなさそうだ。外を回ってみるか」

村長の嫌味な視線に耐えて、俺たちは村の門を開けてもらった。

「日暮れまでに戻らなければ、門を閉める」

それが人に仕事を頼む態度か！　と一喝したい気持ちを収めて、今夜の夕食のために静かに村から出た。

村の外には魔物が出るらしい。それを少し間引いてやれば、呪いを解除しなくても村長に少しばかり恩を売れる気がしたが、フェイがいるのでそんな事態にはなりえない。

天然の魔物除け装置と化しているフェイがいる限り、ここに魔物は来ない。

それを村長に言えば、1週間くらいは泊めてくれそうだ。

それ以上の滞在は、きっと食費がかかりすぎて村長に嫌がられるので1週間が限度だろう。

「広すぎて手掛かりなんて見つからないけど……」

勢いよく村を出たはいいものの、あてもない。

そもそも呪いとか全然分からないので、どこを捜索していいのか見当すらつかない。

呪いが事実かすら分かっていない状態だ。

「フェイ、お前は何か知らないのか？」

「人間も殺せぬような脆弱な呪いなど、知るわけなかろう」

それもそうだ。

フェイに害の及ばないものを気にするはずもない。

完全に手掛かりなしという訳だ。

「けれど、なんだかこっちから懐かしい匂いがするのう」

フェイが指さしたのは森の方だった。

村から少し離れた、小さい規模の森だ。

何も手掛かりがないので、俺はその情報に頼ることにした。

「そこへ行こう。呪いとは関係なくても、何かあるかもしれない」

「違うと思うがのぉ。それにしてもこの匂いは何だったか……。数百年嗅いでいないから、思い出せん」

年数まで規模の違う話だな。

とにかく、フェイの嗅覚を頼りに、俺たちは森に踏み入った。

そして、これがビンゴだった。

明らかに淀んだ空気の森だった。

ドラゴンの森とも違う、少し歪（いびつ）な感じ。

何者か強力な魔力を有する者が、この森に影響を与えている感じだった。

「おうおう、これは。あと少しで思い出せそうな感じじゃ！」

魔力が濃くなるにつれて、フェイの嗅覚も鋭くなってくる。

二人の感覚を頼りに辿り着いた先は、小さな湖だった。

「げっ」

遠くからチャポンという何かが水の中に落ちる音が聞こえていたから、綺麗な湖を想像していた。

しかし、そのイメージは一瞬で拭い去られる。

赤い湖だった。

澄んだその湖の底には、黒い翼を生やした男が、片膝を抱えて眠るように沈んでいる。

人ではないことは明白だ。

頭にはヤギのような2本の角を生やし、額に怪しげな紋章が浮かんでいた。

宮廷魔法師だった頃に、資料で見たことがある。

「魔族か！」

「こやつ、こんなところにおったか」

「知り合いか？」

「まあのぉ。随分と昔の話になる」

エーゲインの街でアメリアが言っていた、昔にあった人と神々の戦いの頃の話らしい。

ドラゴンと人の戦争だったけど、獣人は人側に付き、魔族はドラゴンに付いたらしい。

高度な知能と強力な魔法を使う魔族だったが、その戦いは人と獣人の勝利に終わったとフェイは言った。

「こやつはアザゼル。神々と人の戦いにおいて、我の右腕として活躍した魔族じゃ。死んだと思っていたが、こんなところで封印されておったか」

「なんかやばそうなやつだな……」

フェイの右腕って、とんでもなく強いんじゃ……。

『封印解除』

フェイの使用する魔法で、湖に眠る魔族を呼び起こす。

少しくらい相談してくれてもいいのに、何も言わずに始めてしまった。

アザゼルを拘束していた透明な鎖が引きちぎられる。

それにしても、器用なやつだ。

「封印まで解除できるのかよ」

「随分と綻びがあったからのぉ。綻びからこやつの魔力が漏れ出て、村人に影響を与えていたようじゃ。こやつの魔力を毎日浴びていたら、そりゃ魔力に耐性のないものは体調を崩すのも無理はない」

うむ、とフェイが満足げな顔で笑った。

「これにて一件落着じゃの」

違うけど！

絶対に、依頼前より厄介なことになってるけど！

湖の水が突如として、ドバッと溢れてきた。

底に沈むアザゼルの目が開かれる。

縦長の赤い瞳が俺のことを睨んでいた。

絶対に、これ面倒くさいやつだ。

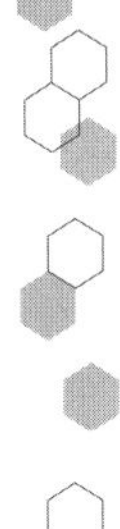

ミナントの最北部の都市に来たオリヴィエは、ここにも聖なるバリアが張られているのを見て、シールドが確かにここにいたことを確認できた。

飯屋を回って、聞き込みを始める。

全ての街にバリアを張り終わったから、今度こそこの街にいるはずだと踏んで、意気込んで聞いてまわった。

「ん？　聖なるバリアを張ったシールド様か？　とっくに旅立ってるよ」

「は？　また!?」

「ああ、なんでも自治領主様になるんだろ？　既に東のミライエへと旅立ってるよ。うちの店でもたくさん食べてくれたんだぞ。美少女を連れていて、仲よさげだった」

「美少女!?　だれよ！　それ誰なのよ！」

酒屋の店主に詰め寄っても仕方ないと冷静になり、とっとと食事を終えた。

「しっ、知らねえよ」

「ミライエね、今度こそ先に……」

またもシールドに会えなかったオリヴィエは、魔法を使って霧と化して店から消えた。

彼女の得意とする移動魔法である。

「お客さん？　……あっ、勘定はある」

魔法を使っての移動で、時間短縮を図るオリヴィエであった。

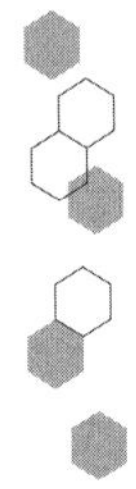
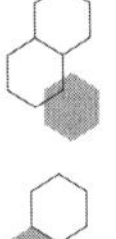

恐ろしい雰囲気とは裏腹に、魔族アザゼルはゆっくりと翼を羽ばたかせて湖から出てきた。

静かに着地して、魔力で体に纏わりついた水を弾き飛ばす。

水滴が３６０度綺麗に散らばった。

こちらを一瞥して、美しい所作で片膝をつく。

「３００年ぶりにございます、フェイ様」

「おう、相変わらず格式ばった男じゃのぉ」

「人間に後れを取ってしまい、封印されてしまいました。処罰は如何様にも。ただし、出来れば人間どもを葬った後にこの命を散らしたく思います」

「良い、別に罰などない。そもそも我々は協力関係にあって、上下関係はないと思っておる」

「フェイ様の寛大な心に感謝いたします」

話が一段落したみたいだ。

そして、再び強烈な殺気がこちらに向けられる。

「なぜ人間がフェイ様の隣に？　消し去ってもよろしいですかな。目障りですので」

「なっ!?」

危ない雰囲気があったけど、礼儀正しい態度に本当はそうではないのかと油断してしまった。

やっぱり危ないやつだったか。

見るからに怖い感じがする。一番怒らせてはいけないタイプだと思われる。

理詰めでボコボコにしてくる感じがする。宮廷魔法師時代もそのタイプの人間に金の使い過ぎで良く詰め寄られていたな。反論のしようがないので、一方的にフルボッコだ。

「人間との戦争はとうの昔に終わっておる。我らの負けじゃ」

「ならば再戦すれば良いだけのこと。フェイ様と私がいれば何も問題ないかと。手始めにこの人間の首をもって、宣戦布告と行きましょう」

どうしても俺のことをぶっ殺しておきたいらしい。

やめて、俺のことは一旦忘れないか？

「そうはいかん。前回敗戦して大陸の覇権を奪えなかったように、人間どもはなかなかに手ごわい相手じゃ。あれでドラゴンも、魔族も数を大きく減らした。人間を侮れば手痛い目に遭うことを学ばせてもらった」

「フェイ様ともあろうものがなんと弱腰な。我らを分断し、挙句封印した異世界の勇者さえ現れなかったら、間違いなく我々の勝利でした」

「またその勇者を召喚されたら、我らは同じように負けるじゃろう？」

「その心配は必要ないかと」

「ほう……」

アザゼルが片手をかざす。手のひらを向けた先にある大木が、次の瞬間には腐敗して、ぐちゃぐちゃになった状態でその場に崩れ落ちた。

「３００年の間に考え、構築した魔法です。今初めて使用しました。勇者にもこの魔法の対策はないと思われます」

「凄い魔法じゃ。いや、ほとんど呪いの類に近い。人間が解析して対応できるものではないな」

「勇者は私が殺します。フェイ様は他の人間のせん滅を」

目の前でとんでもなく恐ろしいものを見せられ、世界を破滅させるような話を聞かされ続ける。

これなんていうプレイですか？　怖すぎるんだが！

「やはり許可はできん。この時代、勇者より質の悪いのがいる」

「……フェイ様と私の腐敗の魔法をもってしても対処できないと？」

「全く無理じゃろうな。試しにやってみたらどうじゃ？　面白いものを見られるぞ」

そういい終わったフェイが、俺の背中を押してアザゼルの前に進ませた。

「ほれ、こやつじゃ。こやつを殺せたら再び人間どもとの戦争を考えなくもない」

「これが？」

もはや、これである。この人、こいつ、下郎とかでも良かった。これ、だった。

「殺せばよいのですね？」

「ああ、殺せばよい」

次の瞬間、アザゼルが俺に手をかざした。

『腐敗の魔法』

なんかね。この展開が読めてたから、俺は既にバリア魔法を張ってある。

『バリア―魔法反射』

人間には分からない魔法。難しい理論。呪いに近い。

そんなのは関係ない。俺のバリアを突き破れないし、悪いが撥ね返させてもらう。

「――っ!?」

腐敗が始まったのはアザゼルの体だった。

腕から腐り始め、ドロドロになって崩れ落ちる。

なんてグロテスクな魔法だ。俺が食らったらどうしてくれる。

スパッと自分の腕を肩から切り落としたアザゼルは、腐敗する腕から飛び退いた。おそらく触れるだけで腐敗が進むのだろう。距離をとったのはそういうことだ。

驚愕の表情で俺のことを見つめる。

「どうじゃ？　勇者よりも厄介じゃろう」

「ただのバリア魔法に見えましたが、これは一体？」

「見ての通りただのバリア魔法じゃ。しかし、恐ろしく固く、破れる気がしない。その上、どんな魔法も撥ね返してきおる」

「……フェイ様の力で強引に突破すればよろしいかと」

「物理も通さぬ。むしろそのままの威力で撥ね返され、歯を折られた」

アザゼルが静かにこちらを見つめ続ける。

分析しているのだろう。ゆっくりとした時間が流れた。

『腐敗の魔法』

『バリア━魔法反射』

またもや使用された腐敗の魔法を撥ね返しておいた。今度は黒い翼が腐敗をはじめ、アザゼルは自分で翼を千切って落とした。

なぜ、もう一回試したんだ？　君の体はそんなに安いのかい？

「それ以上はやめておけ」

「こんな傷、１週間もすれば完治いたします」

腕と翼が１週間で生えてくるらしい。上級魔族っていう生き物はどういう生態なのだろう？　俺のバリア魔法よりよっぽど凄いものに感じるけど。

「しかし、フェイ様の言う通りですね。人間はどれもこんな魔法を使うようになったのでしょうか？」

どれ、この魔族は我々人間をもののように呼ぶんだね。

「我の知る限りこれだけじゃ」

これ！

「これだけですか。フェイ様の意図が読めました。戦いは１００年後という訳ですね？」

「理解が早い。やるならその時じゃな」

「承知」

二人の会話は俺にも理解が出来た。

１００年後、俺が衰弱もしくは死んでいるときにフェイに食べられ、バリア魔法を得た最強のドラゴンと魔族による人間への侵攻だ。

前から思っていたが、人類を守るはずの俺のバリア魔法が、このままだと人類を滅ぼしそうなんだけど！

バリア魔法を使うフェイと、腐敗の魔法を使うアザゼルのコンビ。１００年後の人類、すまない。世に憂いを残してしまいそうです！

「アザゼル、１００年間遊びと修業を兼ねて、お主も共に来い。ミライエで我らは暮らすことになっている。そこに来るがいい」

「分かりました。では、私は少しやることがあるので一旦失礼致します」

最後にぎょろりと睨まれた。

「うっ」

思わずたじろぐ。静かに怒りを秘めるタイプか。

やはり苦手なタイプだ。

蝙蝠の大群がどこからともなく現れて、アザゼルを覆い尽くした。

大群が去って行くと、そこにいたはずのアザゼルが消える。

どういう魔法か、俺には知りようもない。想像すらつかない。

あんなかっこいい魔法の一つや二つ、使ってみたいものだ。

謎の方向を見つめるフェイだが、すでに俺にはなにも見えない。

そっちに飛んでいったのだろうか？　それとも違うことを考えているのだろうか。

便利な魔法が多い中、バリア魔法ばかり訓練するから俺みたいな不器用なやつが出来上がってしまった。

「あやつは頭の切れるやつだぞ。使ってやれば、きっと役に立つ」

「使うって、ミライエで？」

内政、もしくは外政？　あの実力なら戦闘員としても使えるな。フェイがいれば言うことは聞いてくれそうだし。

「そうじゃ。味方は恐怖で縛り、敵をも恐怖で震え上がらせる。味方を欺いて内通者を吊るし上げ、敵を欺いて嵌める。あやつが殺した総数はおそらく我よりも多い」

……使いたくないな。

そんなやつ、信頼して眠れないんだけど。

しかも総数って言い方がなんか不気味だ。

敵とかじゃないからね。総数だからね。それはきっと裏切り行為をしたドラゴンや魔族もその数に含まれているっていうことだから。

フェイの言葉の真意を読み取ってしまったことで、余計に不安が募った。

けれど、目の前の問題は対処できた。今は腹が減っているから、これ以上考える気力は湧いてこない。

仕事の完了を村長に告げに戻る。

もう呪いは起きないから大丈夫、とだけ伝えておいた。

当然信用してもらえなかったので、１週間の滞在を余儀なくされた。

次第に起き上がってくる村人たち。アザゼルの強力な魔力が薄まれば、回復するのも当然だ。

本当のことを言っていたのが証明されたはずなのに、３日前に来た癒しの魔法を使える神父さんのおかげじゃないかと疑われてしまった。

全く、なんていうタイミングで到着したんだ。

最後まで疑り深い村長だったが、神父さんが誠実な人で、自分は何もしていないと証言してくれたことでようやく報酬を頂けた。

けち臭い村長には、最後の日の飯で、たらふく食べることで仕返ししておいた。

「ほら、フェイ。もっと詰めろ！」

「無茶言うな。我にも限界はある！」

旅の路銀と、食いだめが出来たのはいいが、また世界を破滅に導いた気がした寄り道だった。


ミライエの領内には辿り着いたものの、俺たちの路銀はまたもや底をついた。

理由は言うまでもなくフェイの食費だ。

あれだけあったのに！　あんな大金が……！

全てフェイの腹の中に。

ということで、また仕事だ。

自分の領地に辿り着いたというのに、仕事をするというのも不思議な感じだ。

「何か仕事はないか？」

のどかな街の宿屋にて、人の好さそうな大柄の店主に仕事がないか尋ねてみた。

「仕事か、先代領主様が放置された件なら頼みたいが、大仕事だぞ」

「どんなものだ」

「川が良く氾濫する場所があるんだ。毎年小さな規模だけど洪水になってしまって、街中が困っている。雨期が近いから、堰き止める程度の土嚢袋を積んでおきたいのさ」

力仕事ってわけか。

悪いがパスだ。

ひょろがり、もやし、針金、全て自分のことを揶揄されているんじゃないかとドキッとしてしまうこれらの単語。

　残念ながら力などない。

　目の前にいる店主と腕相撲をしたら余裕で負ける自信がある。

「宿代は出るし、飯代も別途支給だ。いい仕事だと思うぞ。街の発展にも役立つから、みんなからも感謝される」

「飯代が出るのか？」

「ああ、宿を指定してくれればうちにも泊めてやれる。雨期の近いこの時期限定の仕事だ。俺も店が忙しくなければ、手伝いに行きたいところだよ」

　飯代というざっくりした表現。気にいった。悪い考えが働く。

　ここは俺の領地でもあるし、洪水に苦しむ街を助けるのはそのまま俺自身を助けることとなる。

　そう考えてみれば、非常にうまみのある仕事だ。

　俺も、体を使う時が来たみたいだな。

「ふんぬぅぅぅぅぅああああ!!」

　土嚢袋を一つ肩に担ぎ、俺は目的のポイントに積み重ねていく。

　川の近くに山のように積み重ねられた土嚢袋を、街の方向に湾曲した部分に積み上げていく。

　平常時でも水が豊かに流れる川だった。

　それが雨期ともなると水の嵩（かさ）が上がることは容易に想像できる。

　湾曲した部分はもっとも川が氾濫しやすい場所らしく、しかも街に近い場所でもある。

大きな工事が必要とされる場所だが、領主が放置し続けたために街の人がこうして毎年対処療法を繰り返していたわけか。

自治領主なんてものになれて浮かれていたが、こういう問題は各所にありそうだ。ただ楽できる仕事ではないことを知っておいて、取り敢えずは目の前のことに集中する。

土嚢袋をまた担ぐ。

「ふおおらああああああ！」

2袋目もとんでもなく重たい。

フェイも珍しく仕事を受けてくれて、既に土嚢袋を10袋も積み上げていた。

「おらぁ、新人！　腰使え、腰！　お嬢ちゃんのを見習わんか！　あんなに線の細い体なのに、大したもんだ」

現場監督のひげ面が説教をしてくる。

ったく、あいつはドラゴンだってての。

背中に翼が生えてんだろ！　ただの少女が指一本で土嚢袋を運べるか！

二つ目を積み上げげて、額に流れる汗を拭った。

「ダメだこれ。無理ある、無理ある」

「飯のためじゃ。働け！」

「ぐっ」

フェイも気付けば現場監督の側に立っていた。

やたらと自分だけ褒められるものだから、あいつ現場監督と仲良くなりやがって。

「そんなんじゃ金は出さんぞ！」

「横暴だ！　俺はちゃんと仕事をしている！」

あと3つくらいならなんとか行けそうだが、それ以上は無理。

俺の腕と腰が折れること間違いなし。

『バリア』

川の湾曲した、せり出した部分に沿ってバリアを展開していく。

土嚢袋よりもこちらの方がかなり頑丈だ。放って置けば3年で壊れるが、それでも今の対処よりはるかに長持ちする。

一番水が強く当たるであろう部分に全てバリアを張って、水の勢いをバリアで受け止める。

少し高めにバリアを張ることで、水かさが増したときのことを想定している作りである。

「どうだ、これなら土嚢袋はもう必要ない！」

「あんた魔法使いだったのか？　それもこんな器用なことが出来るような」

「ああ、そうだ。どうだ？　これでも金は支払わないと言うか？」

現場監督に食ってかかる。

金を支払わないと言った先ほどの発言、訂正してもらおうか。

なんたって、こちらは死活問題だからな。

「なんで、土嚢袋なんて運んでたんだ？　最初から魔法を使ってくれれば、楽できたのに。それに、魔法使いならこちらももっと金を用意した」

たしかに！

で、でも！　力仕事って聞いたから！　まさか、魔法が有効だとは思わなくて！

めっちゃ力仕事する気で来たから！

「魔法で土嚢袋を運んでくれても良かったのに。不思議なお方だ」

それはできない。

残念ながら、俺はバリア魔法しか使えないからな。

バリアを張った場所の強化具合を確認しながら、現場監督が驚いた表情でこちらを見てくる。

「これは凄いや。街の歴史が変わりそうだ。あんた、領主様が放置した仕事を一人でこなしてくれたのか。なんて御礼を言えばいいのやら」

「仕事だ。礼はいらん。金と飯を求む」

「それは当然だ。しかし、こんな大きな成果になるとは……。俺じゃ対処しきれんかもしれない。洪水がなくなれば、街は一気に大きくなるぞ。ここは交易の街でもあるし、洪水がなくなれば、更に定住してくれる人が増える」

なるほど。治水一つでそこまで変わるものなのか。

報酬のことは一旦おいておこう。そこまで言うなら、俺は更に働くことにした。なにせここは俺の領地だ。

またいつ来られるかも分からないので、やれることはやっておこう。

「他の強化ポイントも案内してくれ。これと同じように、補強する目的でバリアを張る。今年は氾濫とはおさらばだ！」

「うおおおおっ」

フェイの信者だった現場監督の心は、俺のものにさせてもらった。

どこかの大物貴族を扱うように、俺は丁重に案内されて、川の危険ポイントに全てバリアを張っていった。

「よしっ、金と飯を頂こうか」

「はっはいぃぃぃぃぃ」

日暮れの頃には俺の信者になりつつあった現場監督が、土嚢積みの仕事をしていた全員に給金を支払った。

俺とフェイの分も貰う。

宿に泊まれるチケットと、今夜の食事を食べられるチケットも手に入れた。

この街の名前はヘリオリだ。街の中の店ならどこで使ってもいいらしい。ミライエで一番西に位置した街で、そこそこ栄えていた。

既に気の好さそうな大柄の店主と話はつけてあるので、あそこの宿に決めている。

店も綺麗で、話を聞いたときに嗅いだうまそうな香りもまだ鼻腔に残っている。

「じゃあ俺は今日の件を代表に伝えねば。あんたらはゆっくりして行ってくれ」

「おう。俺たちも宿にいく」

こうして飯にありつけた俺たちは、しばらくの余暇を街で過ごすことが出来た。

これがミライエ、ヘリオリの街の、伝説の治水工事として語られることになるとは、俺たちはまだ知りようもなかった。

ミライエの領主邸に辿り着いたオリヴィエは、今度こそ追いついたと確信して、門番に声をかけた。

「オリヴィエ・アルカナです。自治領主に用がある。名前を言ってもらえれば、伝わるはず」

「領主様は不在です。未だミライエの地にはやってきていないものと思われます」

「なっ!?」

ずっと後を追っていたから、今度こそ移動魔法を使い、先を越したと思っていた。

しかし、まさかの追い越しである。

「ここで待たせていただくわけには……」

「領主様は国を見ながらゆっくり来られると聞いています。いつになるか分からないので、素性の分からない方を泊めるわけにはいきません。お引き取り下さい」

「うっうう……」

少し、涙がこぼれた。

美しい女性の涙だったが、門番は毅然とした心で追い返す。

オリヴィエはまたしてもシールドに出会えず、泣く泣く引き返した。

追い越したため、もう一度足跡を追うために以前の街まで戻ることにする。

オリヴィエは未だに、シールドに会えずにいる。

ようやく、ようやくミライエ領主邸に辿り着くことが出来た。

長閑な旅をイメージしていたのだが、終始食費に追われる旅だった。

フェイが毎食５、６人前は食べるくせに、まだ腹八分じゃなとか言うせいで、路銀を毎度毎度稼ぐ辛い旅だった。

土嚢袋を積み上げる仕事はきつかった。

あれは腰に来る。バリア魔法がなければどうなっていたことか。

その苦労もようやく報われた。

俺たちはミライエの自治領主邸に辿り着いた。

目の前に聳え立つ白亜の城と、仰々しい門、それを守る二人の門兵。

「我は新領主、シールド・レイアレスである」

少し仰々しく言ってみた。領主って多分こんな感じか？

ガブリエルから貰ったルビー魔法石のブレスレットを見せて、自身の身分を証明した。

失くすフラグは立てておいたが、しっかりと失くさない辺り俺有能。

「領主様お待ちしておりました。先日来客がありましたが、身分の分からぬ女だったため、お引き取り願いました」

「それでよい」

怪しい女はもう懲り懲りだ。

旅の疲れを癒すため、領主邸に上がらせてもらった。

侍従に案内されて、風呂に飯と案内してもらったが、少し違和感を覚える。

「あまり歓迎されておらんようじゃな」

やはりそうか。

俺だけが感じていた違和感ではないらしい。

明らかに領主を歓迎する態度ではなかった。

門兵の二人こそ礼儀正しかったものの、屋敷の中では冷たい視線が俺たちを捉え続けていた。

これは誰の差し金か。

ガブリエルか？

それはあり得ない。

俺のバリア魔法の重要さを知っているあいつが、そんなことをするはずはない。

この屋敷内に、原因となる人物がいるはずだ。

俺の存在を良しとしない人物が。

夕食を食堂で食べている時、俺とフェイよりも遅れてこの場に登場した人物がいた。

領主邸の管理を任され、領主がいない間の領地経営も任されていた男。

白い口髭を蓄えた執事、ヴァンガッホであった。

「ヘレナ国の方、よくぞ到着なさいました。ガブリエル様より委細聞いております」

ヘレナ国の方か。俺の名前を呼びもしないときた。

「先代領主様の代より、領地経営は私に一任されております。聞けば自治領主様は、一平民の出身だとか。旅もお好きと聞いていますので、今まで通り自由に過ごしていただければお互いにとってよろしいかと」

なるほど。こんな正面から喧嘩を売られるとは思っていなかった。

指揮をとっているのはこいつか。

ガブリエルに泣きつくまでもない。

実権は俺の手で取り戻す。

「つまり、お前は俺に飾りの領主をしていろ、実権は全て自分が握るから、そう言っているわけだ」

「いかようにも解釈なさって結構」

ヴァンガッホの背後に、屈強な男が二人姿を現す。

実力で黙らせることも厭わないらしい。

屋敷は皆この男の味方、領地も先代からヴァンガッホが管理しているなら領民もこの男の味方だ。

これは少しばかり時間がかかりそうだな。

信頼を勝ち取るには時間が必要だ。

そう思ったのも一瞬だった。

屋敷の大きい窓が開け放たれて、魔族が複数入ってきた。

「は!?」

何事かと思えば、先日封印を解いたばかりのアザゼルがそこにいた。

彼の後ろに控えるは、複数の魔族たち。

「フェイ様、封印されていた同胞を解き放って参りました。今からシールド・レイアレスの下で100年ほど働くことをお許しください」

「良い」

「100年後、この者が朽ち果てたとき、我々はまたあなた様と共に」

「うむ、分かっておる」

俺とヴァンガッホが睨み合うのを完全に無視して、フェイに片膝をつけてうつむく。アザゼルが誓いを立てていた。なんか主役の座を奪われた気分だ。

胸に手を当てて、誠意を込めて言葉に誓いを立てる。

「何者か!? このヴァンガッホを前に、このような無礼は許されんぞ!」

『腐敗の魔法』

怒号を上げたヴァンガッホだったが、一瞬にしてアザゼルの魔法によって駆逐された。

そこに残るのは、ドロドロになった何か。容赦なさすぎる！

「魔族か!?」

屈強な男たちには、既に戦意はなかったが、魔族にとっては関係ないらしい。

「ベルーガ。領主様に悪意のあるものは、全て殺しなさい」

「はっ」

アザゼルの連れてきた魔族の中で、白い髪の毛の美女が頷く。

ベルーガと呼ばれたその魔族の女性は、手から現れた透き通る水の剣で次々に屋敷の者を斬り捨てて行った。

ちょっと!!　何してんの!!

これから権力を巡って、ドロドロの争いをする政敵が、圧倒的暴力によって駆逐されていくんだが!?

まだ惨劇が続く中、アザゼルが、今度は俺の前に跪いて首を垂れた。

「先ほど申しましたように、あなたが死ぬまで魔族一同付き従う予定です。使っていただけると、我々一同新たな寝床を探さなくて済みます」

「従うにしてはやり方が随分と強引だな。屋敷から惨劇の悲鳴が聞こえるぞ」

「あれらはダメです。魔族は人の悪意に敏感です。シールド様に敵意のあるものは全てこの世からさらば願います。自らの立場をわきまえぬ者に、居場所はありませぬ故」

……うむ。非情な考えだが、その通りかもしれない。結局俺は甘い決断ばかりしてきたから、ヘレナ国からまんまと追放されちゃったし。

思い切って、魔族たちに任せてみた。

実際居心地は悪かったし、どう変化するか見ものだ。

「やつは役に立つぞ。直ぐに分かる」

フェイの太鼓判もある。信じて待つとするか。

1時間もしないうちに、コックが一人、新人の侍女が一人と、謎の少女が一人。

門兵が二人に、俺たちの前に連れてこられた5人。

「この5名だけです。シールド様に悪意のない者は」

白い髪の女、ベルーガがそう告げた。

確かにこの5人からは嫌な感じがしない。

魔族が悪意に敏感だというのは確からしい。

「今まで通り働けば給料は倍に増やす。ただし、今日のことは口外無用で頼む」

羽振りの良いところを見せたら、全員が了承してくれた。

一人を除いて。

使用人ではない少女だった。

やせ細った体をしており、怯えた目をしている。この世のすべてに絶望したような顔色だ。

「先代領主の隠し子みたいですね。ヴァンガッホと名乗っていた男に幽閉されていたようです」

かわいそうに。

あの口髭おやじめ、とんでもないことをしやがる。

「世話をしてやれ。教育もな」

こうして俺の前から、屋敷の者を立ち退かせた。

「素晴らしい采配かと」

アザゼルが褒めてくれた。

自分の領地だ。丁寧に運営していかないとな。

人心を掌握出来なくて痛い目にあってこんな場所にいるわけだし、今度こそ気を付けねばならない。

「ところでアザゼル、俺は何をしたらいい？」

全くの素人なので、さっそく頼ってみた。

「しばしお待ちください。領内の情報を整理いたしますので」

それぞれの仕事が既に割り振られているのか、魔族たちが散っていく。

アザゼルもヴァンガッホの執務室へと向かったみたいだ。

「のう？　あやつは使えるやつじゃ」

フェイの言う通りだった。アザゼルがいなければ、俺はまだヴァンガッホの嫌味な視線に耐える時間を過ごしていたに違いない。かなり遠回りしていただろうな。それはそれで面白そうだったけれど、こうしてスッキリした今の方が良いのは間違いない。

それにしても、びっくりだよな。

いきなり腐敗の魔法で殺すんだもの。人の感覚とは少し違うものを感じる。

味方になったのは心強いが、斬れすぎる剣には要注意である。

魔族たちの最高のもてなしにより、旅を始めて以来最高の眠りを得ることが出来た。

領主の部屋にて、大きなベッドの上で朝日と共に目覚めるのは、最高に気持ちよかった。

朝食には美味しい料理が提供されたので、昨日惨劇を生き残ったコックは逃げ出さずにまだ働いてくれているようだ。改めて食すと、うむ、大した腕前だ。

フェイがたらふく食べられるように量もしっかりと準備されている。

さて、食後は何をするかな。

自分の領地だ。発展させたいし、フェイだけでなく、みんなにたらふく食べさせてやりたい。

そのためにはどうするべきか。

アザゼルが答えをくれた。

「昨晩の手腕は大変お見事でした。屋敷に残った人間どもは皆真面目に働いております」

そりゃ、アザゼルの魔族一行に睨まれてたら、さぼりはしないだろうなと思う。

ただし、この料理の味からすると給料倍増も彼らのモチベーションをあげたみたいだ。

大変よろしい。

「領地にいる領民相手にも、やはり心を掴むのが先かと」

「何か具体的な案がありそうだな」

「答えはシールド様が旅の途中で見つけておられます。先代領主の置き土産を活かしましょう」

なるほど。俺にも答えが分かった。

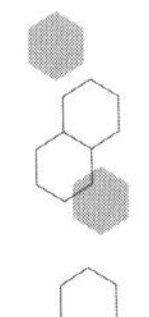
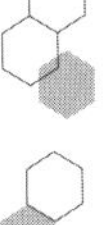

イケメン冒険者アイザスは今日も街の人から愛されていた。

行き交う人に声を掛けられ、彼も爽やかに軽く返答して皆と親交を交わす。

そんな中、目の前にご機嫌斜めな女性がいた。

服装が街の人とは違い、旅の者だと分かる。

溜まったフラストレーションは何ゆえか。

「そなたがアイザスか？」

「そうだが……怒っているのか？」

「怒ってなどいない！」

滅茶苦茶怒っていたので、場の空気がとても悪くなった。

しかし、そこは性格までイケメンのアイザスである。なんとか空気を和らげ、女性の名前まで聞き出すことに成功した。

「オリヴィエさんですか。なぜこのような田舎街に？」

「シールド・レイアレスを捜しによ！　どうせ、もういないんでしょ！」

「すまない。彼なら既に旅だったよ。目的地はミライエの領主邸だと聞いている。行ってみたらどうだい？」

「もう行ったわよ！」

散々八つ当たりされて、オリヴィエのご機嫌を取るためにご飯まで奢るアイザスだった。

オリヴィエはまだシールドに出会えていない。

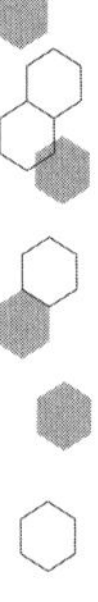

魔族とドラゴンのフェイを従えて進む俺は、まさに人類へ災いを届けようとしている使者に思えてきてしまう。

いかん、いかん。気持ちが暗くなってきてしまう。

１００年後の人類には先に謝罪しておくが、自分の人生を謳歌させてもらうとする。

アザゼルの提案で、俺は自治領の治水工事を決断した。

もともとは他国のヘレナ国から専門の職人を呼び寄せて堤防の工事を行っていた。

海には強いミナントだが、ヘレナ国のように大きな川の少ないミナントでは、堤防造りは常に他国にまかせっきりだ。

領内に職人がいないことは筒抜けらしい。

そうやって足元を見られてきたので、結構な金額を吹っ掛けられてきた歴史がある。

それで先代領主も治水工事は後回しにしていたわけか。

大金が吹き飛ぶくらいなら、見て見ぬふり。それだと領地が余計に発展しないことになり、入ってくる税収も減りそうだが……。

まあ、そのおかげで仕事が舞い降りた。

治水工事をして領地の発展を促すと同時に、領民の心をつかむ作戦である。

3年に一度行う必要があるが、大した手間ではないだろう。

その間に堤防造りの職人を育て上げることも可能だ。時間を稼げるってのは何よりもいい。

付き従うは、フェイと、白い髪の魔族ベルーガ、それに10名ほどの魔族だ。

アザゼル率いるもう半分の魔族たちは、先代領主の代に創設され、ヴァンガッホが自分のものにしていた私兵のもとに向かっている。

屋敷近くにある私兵たちの宿舎。そこには500名ほどの私兵がいるのだが、これからはミライエ自治領の正規軍となる人たちである。

アザゼルは「選別を行ってまいります」とだけ言い残して行ってしまった……。

不気味なその言葉に俺はごくりとツバを飲み込むが、しっかりとした軍を育成してくれるのなら文句はない。

きっと恐ろしいほどかっちりしたものが仕上がる気がする。あの堅苦しいアザゼルのことだ。恐ろしい選別の後、凄まじい訓練が待っているに違いない。

そっちは完全に任せてあるので、俺は俺の仕事に集中する。

ヴィラロドラの街に辿り着いた俺たち一行は、何事かと騒ぎだす街の人に、管理者が誰か尋ねてみた。

この領地は領主を統治者とし、更に区分けされ、街ごとに管理者が決められていた。

この街では冒険者ギルドと商業ギルドの管轄を担っている男が管理者を任されている。

規模の大きい街は広範囲に影響力を持っており、その管理者となると重要な身分だ。

ただ事ではないと分かるや否や、俺たちは急ぎ街の管理者ガリウスのもとに通された。

質素な屋敷で相まみえた。威厳のある人物かと思いきや、頭つるつるの老人だった。

けれど、目の輝きは失われていないどころか、老人とは思えない強い光を放っているように見える。

「自治領主様のことは聞いております。あなたがシールド・レイアレス様ですね？」

「ああ、そうだ。あいさつと仕事をしたくてやってきた」

「後ろの者共は、そのためでしょうか？」

仰々しく連れてきた魔族の一行が、ガリウスを警戒させたらしい。

フェイとベルーガだけ残して、他は外に出した。

「すまない。高圧的な態度をとるつもりはなかった。まずはお互いの信頼を得るために、俺の力を示したい」

自分が治水工事の為にやってきたこと、そして訳の分からない税金を一部撤廃するために来たことを話した。

税金のことはまだアザゼルと話し合っているところだが、ヴァンガッホのやつめ、随分と私腹を肥やしていたらしい。

訳の分からん税金が多すぎて、整理するのですら大変だった。

税収を担当する役人どももも懐に結構な額を収めていそうな形跡もあるので、これからの処理が大変そうだ。

「治水工事を!?　先代領主様とヴァンガッホ様がずっと放置していた件をですか？」

「ああ、魔法の力になるが、3年は持つ。その間に立派な堤防を完成させればいいだろう。自治領となった今、俺たちにすがるものなどない。これから領内の改革を進め、力強く独り立ちする」

「是非もない」

俺とガリウスは手を取り合って、握手を交わした。

この街を掌握する男と友好を結べたのは幸先が良い。ちゃんと報いてくれるかどうかはこれからの働きを見てだが、取りあえずは良い感じだ。

さっそく治水工事に入ることを伝え、川に詳しいものの手配を頼んだ。

俺たちはガリウスの屋敷で食事を頂く。

「で、どうだった？」

ベルーガのやつに聞いてみた。

こいつが付いてきたこと、そして終始ガリウスを値踏みしていたことの意味に俺が気付かないはずもない。

悪意に敏感な魔族が、ガリウスをどう評価するのか気になった。

「あれは使える男でしょう。シールド様があれをどうこうしようとしない限り、私からは特に」

「そうか」

俺が気に入らないと言えば、消し去るような言い方だな。

それにしても、フェイにしろ、連れてきた魔族にしろ、やたらと食べる。

優秀なやつらだが、本当に食費だけが気がかりだ。

「「「おかわり！」」」

少しだけ恥ずかしくなって、俺は少なめに食べておいた。

治水工事は一度やっているので、こなれたものだ。

土嚢袋を見ると少し体が反応してしまうことがあったが、バリア魔法を堤防代わりに丁寧に張っていった。

一日もすれば、川の要注意部分に全てバリアを張り終えた。

これで今年の雨季は大丈夫だろう。

実は治水工事のことは既にヘリオリの街でやっていたこともあり、ここの人たちもバリア魔法での治水工事を知っていたみたいだ。

意外と知名度があったみたい。

けれど、あれが自治領主の俺の仕事だと知れ渡ったのは今の出来事。評判がいいタイミングで上がってラッキーだった。

バリアは、見た目は薄い半透明の壁なので、その信頼性を怪しむ者もいた。

俺の許可を取って、タックルする者、丸太でぶつかっていく者、剣で斬りつける者までいたが、残念。その程度では破れない。

青春を消費して磨き上げた俺のバリアは、人の力や、川の水程度じゃあ壊れないね。

大海の大波が1年ぶつかり続けてようやく勝負になるかもしれない、そんな自慢のバリアである。

一仕事を終えた後は、ガリウスと街の人たちに歓迎された。

領内最大の街を味方に出来たのはでかい。

この地は領主の館がある街を除いては、一番発展した街だし、大きな仕事をした気分だ。

一夜を明かした後は、ガリウスからもう数日滞在して欲しいとの声を貰ったが、早めに領内全ての街を回りたい意向を伝えると、しつこくは呼び止められなかった。

「うまくいくことを願っております、シールド自治領主様」

「おう、そっちも街を頼んだぞ」

初めて俺のことを自治領主様と呼んでくれたガリウスに背中を向けて、俺たちは歩き出した。

次の街でもうまくいくと良いなー。そんな淡い願望を抱いて……。

あらら。

「これは駄目です。命じてください。直ぐにでも処します」

数日前のガリウスとの一件で楽観視していた。

俺たちは次の街で、ものの見事に舐められていた。

出てくる食事は粗末。一つの話を進めるごとに待たされる時間は半日にも及んだ。

ガリウスのときが上手く行き過ぎたかー。

私兵を碌に連れてこず、汚職を許さない俺のやり方はヴァンガッホほどのうまみもない。実力の無さそうな新自治領主。真面目に統治する気のない人間にとっては、俺みたいな領主は嫌なんだろうな。

「うーん、あまり恐怖で支配はしたくないけどな」

理想は街の管理者との信頼関係だ。

しかし、目の前のブクブク太った男は俺の言うことなどに耳を貸す気はなさそうだ。

「見せしめじゃ。とことんやる方が良いぞ」

フェイの言葉もあって、俺はベルーガに命じた。

「えっ!?　んー、やっちゃって」

太った街の管理者は連行されて、その先で悲鳴が上がる。

歯向かう護衛も一掃しておいた。

貯えていた私財は街の人に還元する。

屋敷は焼き払い、家族は追放。とことんやる魔族には恐れ入ったが、効果は覿面（てきめん）。

新しく任命した街の管理者は、「はい、はい」と言うだけの機械と化してしまった。

本当にやりすぎだったかも……。

治水工事も行い、俺たちは街の人の信頼と恐怖を得た。

領地を良くしたいだけなのに、魔族を引き連れ、人を切り裂いてまわるとは……。

ますます人類への反逆を行っている気がして、俺はちょっとだけ申し訳ない気持ちになった。

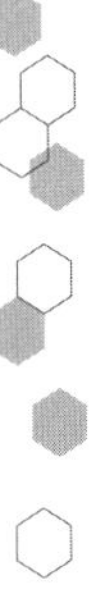

「今度こそ通して頂戴。シールドが屋敷に到着した情報はヘリオリの街で得ているんだから！」

以前門兵に追い払われたオリヴィエが、またこの地に現れた。

「すみません。領主様は領内の改革のために現場仕事に向かわれました。お帰りをお待ちください」

「なっ!?　なんでこんなにもタイミングが悪いのよ！」

「申し訳ありません。しかし、本当に領主様の知り合いならば、お近くでお待ちになっては？　街には宿もありますので、後を追うよりかは待たれた方がよろしいかと」

「そうするわよ！」

オリヴィエのフラストレーションをぶつけられた門兵だったが、それほど気にはしていなかった。

給料が倍増したことと、新しい領主が新しい風を吹かせてくれそうな予感がして、彼の気分は高揚しっぱなしだったからだ。

十四話――バリア魔法VS光魔法の行方

領内の大きな街を巡り終わって、俺は領主としてのあいさつを終えることが出来た。

一度見せしめがあったからだろう。その後はとんとん拍子に話が進んだなー。

ちょっとかわいそうだった気もするが、あの見せしめがあったからこそ間違いなく話がスムーズに進んだのはあった。

見せしめ後に、ベルーガからどちらでもいいですよと言われていた人間も二人ほどいた。

どちらでもいいですよ、というのは「少し反抗的ですが調教は可能です」という意味だと聞いている。

恐ろしい。魔族の情の籠っていない決断がなんとも合理的だが、恐ろしいことこの上ない。

それに釣られてか、俺まで「無能だったら斬りすてるか」みたいな恐ろしいことを言い出すし。

「そうですね。それまで楽しみはとっておきましょう」って楽しんでたんかい！

見せしめがなければ、この二人は明らかに反抗的だっただろうからな。

領内では俺が反抗的だった人物を斬り捨て、屋敷まで焼き払った噂は広まっているみたい。

その代わり、不思議な魔法で治水工事を行う領主の話も広まっている。

世間では俺が良い領主なのか、それとも悪徳領主なのか、評価は二分されている。たぶん悪い方が正しい。

「大丈夫です。直ぐに名領主であるというデマを流します」

「お、おう」

魔族たちの手を打つ速さ！

しかもデマって！　一応事実ってことにしといて。仕事はしているし。

魔族たちが動き回って、領内は良くなっていく。

その度に人の首が飛ぶ！　クビってのは仕事をクビっていう訳じゃなく、本当に首が飛んでいる。スパッと。

やはり自分は世界を滅ぼす使者じゃないかと不安になりつつ、領内を巡る旅を2週間かけて終えた。

治水工事を終えて、俺たちは取りあえずの信用は得られたことだろう。

「領主様、屋敷に来客が来ております。どうしても会うと言って聞かず……」

屋敷に戻ると、門兵が困った表情で問題を告げてきた。

誰だろう？

俺に用事？

ガブリエルか？　それなら無理矢理入る必要もない。

自身の身分を明かせば、難なく入ることは可能だろう。

誰かと気になったが、考えるより早く帰りたい。あの惨劇を生き残ったコックの料理が食べたい。

あれはうまいんだ。いい腕してるよほんと。給料を倍増して正解だった。

「適当に相手をしよう。仕事ご苦労」

門兵の肩をぽんと叩いて労って(ねぎら)おいた。

死の領主とか呼ばれたくないので、こういうところで小さなポイント稼ぎだ。

屋敷に戻った俺は、アザゼルがまだ戻っていないことを侍女から確認して、早速食事を摂ることにした。

俺自身もお腹が空いていたが、フェイのやつが何よりも空腹でご立腹である。はやく何か食べさせねば。

食堂に入り、料理を待とうとしたが、そこに先客がいた。

テーブル上に足を載せたボウズ頭の男。

ニヤリと笑うその口元から金の歯が顔を覗かせる。

手には無数の指輪をはめて、身に着ける衣服は黒光りした黒い革製のセットアップだった。

如何にも成金然としているこの男を、俺は知っている。

知っているどころか、忘れることが出来ないだろう。

「ゲーマグ」

「シールド」

大国ヘレナの宮廷魔法師、序列第5位の男。

成金のゲーマグ。……俺が勝手にそう呼んでるだけだけど。

「なぜ、お前がここに?」

「大体察しは付いているんじゃないか？」

質問を質問で返された。

もともと嫌いな奴だが、更に嫌いになりそうだ。

宮廷魔法師時代、俺をもっとも見下していた人物がゲーマグだ。

事あるごとに、お前は宮廷魔法師に相応しくないと言われ続けた。

そしていつか実力で証明してやると豪語していた人物でもある。

良い予感はしない。何となく事情を察してはいるものの、それでもまずはゆっくり食事を摂りたい気分だ。

「政治上手の騎士団長様がお冠だ。お前を国に連れて帰るように仕事を頼まれた。ここまで来るのに、随分と苦労したんだぜ？」

やはりそうか。刺客は一度撃退しているが、ヘレナ国を覆うバリアが壊れた以上、更なる刺客が来てもおかしくはなかったか。

「俺のバリアがいらないから追放したんじゃなかったのか？」

「さあな。壊れないと思ったんじゃねーかな」

やっぱりそうだったか。

あれ、壊れるんですよね。ごめんなさい、バリアにも期限があってですね……。

「俺様としちゃ、ヘレナ国にあんなもんがなくても問題ない。宮廷魔法師と大陸最強の騎士団がいればなんともないと思っちまうんだが、上はそう思っていないらしい」

ほう、少し興味深い話だ。

となれば、俺を追放したことに国王は関わっていない？

今となってはどうでもよいが、少し気になる話ではあった。

「バリアが必要なんだとさ。だから、連れて帰るぜ。いい機会じゃねーか。お前に宮廷魔法師の本当の力ってやつを見せてやるよ」

ゲーマグの体が光を帯びる。

成金ゲーマグ、またの呼び名を光速の魔法使い。

やりづらい相手だ。

「お主ら、外でやれい！　我は腹が減っておる。食堂を汚す者は一人たりとも許さん」

空腹の女王様がご立腹だった。

「だってさぁ、あいつが」

「うるさい！」

なんか俺がフェイに怒られてしまった。

腹の減っているときのこいつはいつも不機嫌だ。

一緒に旅をしていた間も、空腹の際には終始八つ当たりをされていた。

「揉めているところ悪いが、始めるぜぇ！　シールド、俺をがっかりさせるなよ。お前も宮廷魔法師の端くれだろ？」

ゲーマグが体に集束させていた光の魔力を使い、強烈な光を発した。

視界が真っ白になり、何も見えない。

あまりの眩しさに目を開けていられない。

これをバリアで反射するのは不可能だ。

ただ単に光を纏って輝いている相手に、俺の魔法は通用しない。攻撃されているわけではないからだ。

視界を奪われた。想定してはいたが、やはりやりづらい相手だ。

耳を澄ませば足音が聞こえるが、間合いが分からない。

光速の攻撃に反応できるはずもないので、安牌に球体状にバリアを張っておくとしよう。

受け身となるが、それが俺のスタイルなので問題はない！

ゲーマグの動きを待っていると、壁が割られて何かが突き破ったかのような音が聞こえた。

「ん？？？」

何が起きたのか分からない。

しかし、眩しさが徐々に緩和されて、俺の視界が開けてきた。

目を開けると、食堂の壁に大きな穴が開いていた。

そこからゆっくりと歩いて、フェイが自分の席に戻る姿が見える。

「飯！　早う！」

壁の穴から外を覗くと、屋敷を囲う壁に衝突して伸びているゲーマグがいた。

口から血を噴出して、ぴくぴくと痙攣している。

「あっ」

なんかやられてる。

俺はあいつの魔法を食らっていない。だから反射もしていない。

もしかして……。

「フェイ、お前がやったのか？」

「外でやれと言うたじゃろ！」

「あっはい……」

やっぱりフェイの逆鱗に触れて殴り飛ばされたみたいだった。

哀れ、最強ドラゴンバハムートの拳をその身に受けるとは、一体どれほどの衝撃か。まだ生きているのが凄まじく思える。あいつ本当に強かったんだなと今回のことで思い知った。

「眩しくはなかったのか？　俺なんて目を開けていられなかったぞ」

「嗅覚で何とでもなる。対策してないあいつは阿呆の類か？　あんなの、神々の戦争の時代じゃ真っ先に死んでおるタイプだぞ」

……言葉もない。

やりづらい相手とか思ってしまった自分が恥ずかしい。

フェイからしたらただの雑魚だったなんて。かっこいい。融通の利く力ってこんなにもかっこいいのか。

光魔法の本領を発揮してもらいたかった気持ちもあるが、まあフェイに一撃でやられているようじゃ、この程度の相手と思っていいか。

俺とフェイは穴の開いた食堂で、忠誠心たっぷりのコックの料理を食べた。

「今日も美味しいな。お前の料理は最高だ」

「最高じゃ」

二人から褒められ、嬉しそうにコックが下がっていく。

隙あらば、良い領主としてのポイント稼ぎをしておく。

盛大に楽しんでいる食事中に戻ってきたアザゼルが、食堂の穴を見て状況の確認に入っていた。

「賊ですか？」

「そんなものだ」

「屋敷の修理はお任せください。正規軍の方も順調です」

やはりそっちはそっちでうまくやってくれていたのか。

軍事力は領主の権威にもなるし、他国への牽制にもなる。

そこが安定するのは非常に好ましい。

「7割ほど使えない人材でしたのでクビにしております」

クビってのはどちらの意味か気になったが、深くは聞かないでおいた。

「して、外の賊はどのように？」

「任せる」

クビにするならクビにしてくれ。

勝手に襲ってきて、勝手に負けたんだ。どうなったって、自己責任だよな？　ゲーマグ。

「はっ。ではお任せください」

一礼して、アザゼルが魔族を引き連れてゲーマグの処理に入った。

穴から見えた様子だと、どこかへ連れて行っているようだった。

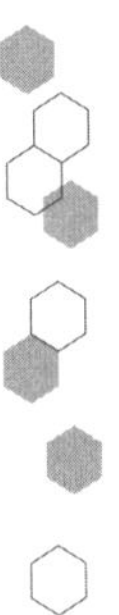

「だから！　シールドはここにいるんでしょ！」

「答えられぬ」

待つように助言を受けたオリヴィエは、我慢できずにヴィラロドラの街まで来ていた。

シールドに街の管理を任されたガリウスと面会しているが、何も情報を開示してくれない。

「自治領主様の居所を、訳も分からぬ女に教えられるはずもなかろう」

「だーかーら！　知り合いだって！　昔からの知り合いなの！」

「証明できぬ以上、答えられぬ」

かたくなに口を割らないガリウスに、オリヴィエは打つ手なしだった。

けれど、溜まりに溜まったフラストレーションがあるので、食らいつく。

「近くにいるのは知ってるから。教えるまでここを離れません」

「結構」

「ぐぬぬぬ……！　帰る！」

「早いな」

「頑固じじい。ばーか、ばーか。はーげ！」

ヘレナ国宮廷魔法師、序列第1位。万能オリヴィエの面影は、そこにはなかった。

オリヴィエは未だにシールドに会えない。

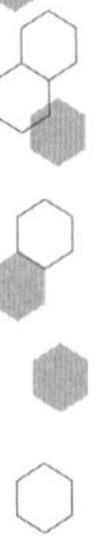

俺の執務室も用意された屋敷は、日に日にその輝きを増している気がする。

アザゼルが管理を任されたこの屋敷は、目に見えて綺麗になっているのだ。比喩的な表現ではない、本当に輝いている！

窓があれだけクリアなのを見たことがない。ヘレナ国の王城ですら、ここまで綺麗ではなかった。

フェイに勧められて雇ったアザゼルを始めとする魔族一同は、本当に良く働いてくれる。

彼らが選別した正規軍も日増しに逞しく育っているらしく、その経過を聞くたびに嬉しくなる。

今日は、その中の一人を紹介された。

まだ18歳と、ほとんど俺と同じ年頃の若者だった。

少し気弱そうで、おどおどした青年だ。

アザゼルを見るたびに恐怖の表情を浮かべるのは、選別で何かがあったのだろうということを俺に容易に想像させる。

「りょっ、領主様。アザゼル様に軍をまとめるように申し付けられたオリバーと申します。その、まだまだ未熟者ですが、よろしくお願いいたします」

少し不安になる気の弱さだな。

ヘレナ国では騎士団長をはじめ、軍の人間は気の強いやつらばかりだった。

オリバーはかなり異質に思える。

俺の心配そうな表情を読み取ったのか、アザゼルが補足してくれた。

「選別を生き残り、カプレーゼを倒した者です」

やっぱり選別って、言葉の意味通りっぽい。

「うち本気出してないからね。本気出してたら、こんなやつ今頃首と胴が引っ付いていないよ」

「俺も、そう思います……」

オリバーはどこまでも弱気だった。

カプレーゼはアザゼルが率いる魔族の剣士。ベルーガも剣を使うが、本職は魔獣使いとのこと。

アザゼルは神々の戦争を生き残った魔族だ。人が倒せずにわざわざ封印するレベルの使い手である。部下たちも似たようなもので、各地に封印されていたのを、アザゼルが解き放ってここに集っている。

そのアザゼルが引き連れる魔族の剣士に勝った？

正直驚きである。

こんなおどおどした男が、勝てる相手には見えない。

カプレーゼは見た目こそお調子者で元気そうな少女だが、それとは裏腹に佇まいからして強者の風格が出ている。

立ち姿の美しさや、時折見せる驚異的な身体能力。

更に、腰に帯びた双剣は体の一部と化しているのではないかと思うくらい、自然に扱っている。

まさしく剣士の中の剣士だ。

「ちょっと、試合をしてみてくれないか？」

俺はカプレーゼとオリバーに命じていた。

カプレーゼは否応なしに剣を抜き放った。やる気満々。戦闘の際には、口元を布で隠した。呼吸を読まれたくないとか、そういうことだろうか？

一方、オリバーはおどおどしっぱなしだ。領主の俺の命令と、弱気な自分の狭間でもがいているみたいだ。

「やっやります……」

「シールド様、殺しちゃってもいいの？」

「ああ、二人ともそのつもりで」

実力を見たいので、手加減されても困る。

カプレーゼとオリバー双方の実力を確認できるいい機会だ。

もちろん二人とも死なせたりしない。

剣が届くより先に、俺のバリア魔法が届くからだ。悪いが俺のバリアは速いぞ？　バリア魔法しか磨いていないからな。

恐る恐る、腰もとの剣を抜き放ったオリバーが、剣を構える。

その途端、体に纏わりつくオーラが変わった。

「……なるほど」

魔法とは違うもの。

俺には授けられなかった天性のギフトってやつだ。

ギフト持ちは極まれに存在すると聞いている。

不思議な縁だ。ヘレナ国の騎士団長で、俺を追放したあの男もギフト持ちだったはず。

ギフトは魔法とは全く違うもので、世の理(ことわり)を無視した力とも言われている。

見てみたいものだ。オリバーに授けられたギフトを。

「試合を始めろ」

俺の一声で、二人がともに斬りかかった。

鍔迫り合いは一瞬だけ。その後は、カプレーゼの一方的な攻撃が始まる。

華麗なる双剣使いは、一撃が軽いなんてことはなく、左右に差がない完璧で重たい剣技を繰り出し、あっという間にオリバーを壁際まで追い詰めた。

「ぐっ……」

背中を壁につけ、逃げ場を失ったな。

カプレーゼは手を緩めてはくれそうにない。一度負けているから、プライドもあるのだろう。目がまじである。

あらら、思った以上に力差があったみたいだ。

そろそろバリアを入れてやるか。

死なれても困るので、そうしようとした瞬間だった。

オリバーが目を閉じた。

「は？」

死ぬ気か？　と思ったが、その瞬間から動きが変わった。

最初に剣を構えたときに感じた尋常ならざるオーラが確かなものになったような感覚だ。

オリバーの剣筋が変わる。

美しく、そして力強い一振りでカプレーゼを一撃で元の位置まで下がらせた。

そこからは、逆に一方的な試合が始まる。

オリバーの芸術的な美しい剣技で、カプレーゼが防戦一方になった。

剣を1本落とし、もう1本も叩き落とされた。

オリバーの剣が容赦なくカプレーゼの首に迫ったところで、俺の遠隔バリアが間に入った。

剣とバリアがぶつかり、凄まじい音がする。

この威力は、以前獣人の国の剣聖、メレルから受けた一撃にも劣らない。力では明らかに獣人の方が上なので、単純に技術だけでこれを為(な)していることになる。

カプレーゼが額に汗を浮かべ、悔しそうにしていた。

俺は気付くと、パチパチと拍手を送っていた。

戦いが終わったことに気付き、オリバーが目を開ける。

あの凄まじいオーラが離散し、おどおどした気の弱い青年が戻ってきた。

「君、今日から騎士のトップに立ってもらうね。軍を率いてもらうからよろしく」

肩にポンと手を当てて、任命しておいた。

「あっ、えっと、いいんですか……？」

「恐ろしい剣の使い手だ。申し分ない」

しかし、俺にはなんのギフトだか分からなかった。

目をつむった瞬間にスイッチが入ったから、それが関係しているのは分かるが、詳しくは見えてこない。

「憑依のギフトです。体の力を抜き、精神をリラックスさせた瞬間、何者かがこの男の体に入るみたいです。選別のときは炎の剣を使いこなし、今とも戦い方が違いました」

憑依のギフト。

……幽霊がいるってコト!?

ま、まあ、それはいいか。俺には見えないし……。

ひっ、後ろからなんか見られた気がする！

「違う剣士の魂が入ったってことか？」

「おそらく。検証の必要はありそうですが、彼も昔から無自覚のうちに変なことが起きることは分かっていたみたいで、話を聞く限り1000人以上の剣豪を憑依させることができるみたいです」

1000人か。ずいぶんと数が多い。

「はずれとかいるのかな？」

「さて」

俺とアザゼルがオリバーを見つめた。

「……結構います」

「いるのかよ！」

任命したことを少し後悔し始めてきた。

いざって時にその人が来たりしないよな？　なんかフラグを立ててしまった感じがして少し怖いな。

しかし、言ってしまった手前撤回はできない。

「いつかはギフトに頼らないような剣士になります……。任命して下さった領主様の役に立ちたいです」

「……おう」

気概はあるみたい。いいな。

この時に騎士の称号を作っておいた。

軍のトップに立てる人間がいたら、次々に任命したい。

一応魔族からも一人、カプレーゼを騎士に任命している。負けはしたが、華麗なる剣さばきは美しいだけでなく強い。成長力にも期待しての任命だ。

当分、軍はこの二人に任せよう。

「次はうちが勝つ。後でもう一戦ね。オリバー」

「ひっ、ひえー」

幸い二人は仲が良さそうだ。肩を組んでもう遊びに行っている。

楽しそうで何より。楽しいに違いない。俺が決めたからそうだ。

「軍は何とかなりそうだな」

「はい、税金について見直しましたので、次はその話し合いを」

「そうだな」

アザゼルが用意してくれた税金の書類を見た。少し自分の目を疑った。


オリヴィエは迷子になっていた。

自分の感覚を信じて歩いた結果、森に迷い込んだ。

間違いなくミライエの土地ではあるが、迷ったことを認めるのが恥ずかしくてサーチの魔法を使えない。

一万を超す魔法を使いこなすオリヴィエからしたら、迷子から脱することなど造作もないことだ。

しかし、プライドが許さない。

一本道で迷った自分の方向音痴を認められないでいた。

そんな中、魔物の雰囲気を感じた。

背後から迫る2本の角を生やした熊の魔物だ。

「……死ね」

オリヴィエの手から出た見えない円形の刃がクマの首を刎ねる。魔物からしたら、何が起きたかも分からないだろう。

それを近くで見ていた人がいた。

近くの村に住む、老人だった。感嘆のため息を漏らし、オリヴィエに駆け寄る。

その腕にしがみついた。

「おおっ、長年村の悩みの種だったあの魔物を！　あなた様はまるで女神だ！　いいや、この地の救世主様だ！　どうか、一日だけでも村に泊まって行ってはくださらないか！」

「……そのために来たのよ」

「おおっ、やはりそうでしたか」

迷子を認めたくないオリヴィエは、とうとう自分をも騙して、そういうことにしておいた。しばらく村に泊まることにする。

オリヴィエはまだシールドに会えない。むしろ離れて行っている。

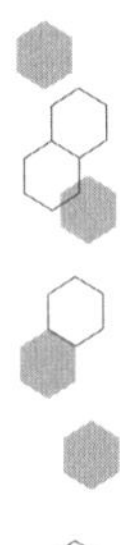

『息子が生まれたときの税金』

アザゼルから渡された羊皮紙には確かにそう書かれていた。

詳しい税額と、詳細がびっしり書かれている。

こんな税金の説明で、これだけ詳細な理由があるとは思えないが……。

「なんだこれ。しかも息子限定か」

「読ませることを放棄させたいのでしょう。やたらと無駄なことが書かれていますが、そのままの内容みたいですね。大した金額の税金ではありませんが、前任者ヴァンガッホという人間の懐に入っていたようです」

ヴァンガッホという人間、その発言が少し気になる。

腐敗の魔法で一瞬にしてこの世から消し去った相手のことを、アザゼルは覚えていないみたいだった。

たしかにあんな瞬殺だと、記憶に残すのも難しいか。

「撤廃で」

なんだ、これ。税金だから考えに考えて無くすものかと思っていたのに、良く今まで存在の許された税金だったな。

領民はこれでよかったのか。

『ミライエに移り住んだ男への税金』

今回も保存用の書類に税額と、詳細内容がびっしりと書かれている。

「なんだ、これ。しかもまた男限定か」

「そのままの内容みたいですね。これまた大した金額の税金ではありませんが、前任者ヴァンガッホという人間の懐に入っていたようです」

「撤廃、撤廃！」

ヴァンガッホのあほが、なんてことをしてくれる。

人が生まれ、人が移り住んでくれるのは領内の発展につながることだ。そんなめでたい出来事に税金をかけやがった。しかも男限定。かなりの女好きなのか、それとも紳士なだけなのか。

……紳士はこんな税金かけないか。

『雄馬が生まれたときの税金』

『肥満になったら税金』

『月初めに少し納める税金』

『虫が増えた月に納める税金』

『満月の日に曇りだったら納める税金』

「全部、撤廃だ！　……ちょっとまて、肥満になったら税金は面白いから残そう」

「はい、そのように」

誰が得するのか。訳の分からない税金は一掃しておいた。

これだけで十分すぎる気もしたが、アザゼルから更なる提案がある。

「少し時をおいて、人頭税もなくしてしまいましょう。おそらくこれがなくても、財政はすぐに黒字化すると思われます」

「大丈夫なのか？」

「ええ、シールド様がこの地にバリアを張ってくれればまるまる防衛費が浮きます。オリバー率いる軍の規模は、今の小さなままでいいでしょう。質を常に高めておけば問題ないかと」

税金が軽くなるのは素晴らしい。

貯えた税金を還元できる仕組みもできていないし、高い税金システムはいらないだろう。

俺は死の領主なので、せめて税金くらい軽くしてやろう。１００年後にはドラゴンと魔族の支配する時代だ。俺が生きている間くらい春を謳歌させてやりたいものだ。

「ちなみに、フェイのやつをたらふく食わせるだけの税収はあるのか？」

「フェイ様の空腹時の怒りは３００年前から知っております。フェイ様が10人いても、領主様の貯蓄は増えていくと思われます」

「おおっ!!」

有能オブ有能。

俺は特に欲しいものもないので、領地が豊かになってくれればそれでよし。

魔族たちも非常に統率がとれており、私欲も見えない。

いや、見えないだけで、本当は違うのかもしれない。

アザゼルとベルーガは接する時間が多くて、間違いなく私欲のないタイプと思われるが、魔族はまだ多くいる。カプレーゼなんて明らかに毛色の違うタイプだったし。

俺とともに領地を支配する彼らについて、時間をかけて知っていく必要がある、そんな気がした。関わりのない魔族はまだ多い。機会があれば積極的に関わってみたいと思う。

「職についてはどうしよう」

「人が増えれば自然と仕事も生まれてくるもの。ただし、急ぐのであれば何かを考えておきましょう」

「そうだな。頼む。いろいろと迷惑をかけるな」

「まあ、それが仕事ですので」

だよなー。何を頼んでもやってくれる。忠誠を誓ってくれているとはいえ、疲れたりはしないのか?

魔族って感情はあるのだろうか? いや、あるに決まっているか。

アザゼルはどういう感情で俺に仕えているのだろうか。未来を見据えての投資?

そのために100年も耐えるのか。

もしかしたら、思っているよりかはここでの生活が嫌いじゃないとかある?

ならば魔族の懐柔もあり得るのかもしれない。

100年後、フェイが支配するであろう世界において、魔族と人間が手をつないでいる。そんな世界があるかもしれない。

あれ？　人間って結構いいやつじゃん、みたいな！

「ご苦労！　俺はバリアを張ってくる」

アザゼルの肩をポンと叩いて労い、俺は執務室に入っていった。

ヘレナ国のバリアを張った時と同じ段取りだ。

部屋にこもって、地図を頼りにこの領地を覆うバリアを構築していくだけ。

これで防衛費が浮くだけでなく、ヘレナ国のように大陸で一番繁栄するような土地になれば最高の結果である。

バリアの経済効果は大きいらしい。俺が思っていた以上に多くの影響があるんだろうな。

安全に住める土地、それだけで多くの人には限りない価値があるのかもしれない。

「じゃあ、やるか」

久々だ、規模は前回より小さくなるけど、大仕事には違いない。

黙っていたが、ヘレナ国のバリアを張ったときは結構ズレていた。

あの頃は国に張った聖なるバリアがあれだけ評価されているとは思っていなかったので、国境付近は結構雑な造りになっていた。

ズレもあったし、結構穴だらけだったんじゃなかろうか。

俺がヘレナ国を抜けた際にも、ドラゴンの森あたりのバリアは結構ずさんなものだった。

今回はそんなことがないように丁寧に張らなければ。

なにせここは俺の領地だからな。

『バリア――』

天から広がる聖なるバリアを構築していく。

およそ一か月かけて、丁寧に、丁寧に作り上げた。

完成したバリアを見て、アザゼルがため息を漏らしていた。

「これが人の力なのか……。まるで奇跡を見ているようです」

「そうか？　ただのバリア魔法だ」

「……ただのバリア魔法ですか」

俺たちは肩を並べ、空を見上げている。

バリアが広がる景色は絶景だが、周りが感じているほど俺は凄いと思えないんだよな。だって作るのに時間がかかるだけだし。

珍しく嬉しそうに完成したバリアを見つめるアザゼルは、この1か月領内の管理を全て担当してくれている。

アザゼルの立ててくれた計画通り、領民は徐々に増え続け、税収も悪くない。

人が増えているということは、当然ここが暮らしやすい土地ということだ。

素晴らしい仕事に感謝する。

俺は隣にいたアザゼルの肩に手を載せた。今度は心の奥から言えた。

「1か月間、ご苦労さん」

「……仕事ですので」

「ふっ、いいね。そのスタンス」

俺はアザゼルに聞かなければならないことがあった。

「ここは楽しいか？　封印が解けてよかった、そう思ってくれているといいが」

彼らにも間違いなく感情はある。

神々の戦争の時代から生きているらしいが、精神構造は我々人間と変わらないように思う。

「どうでしょうね」

あら、なんとなく居心地良さそうに思っていたが、勘違いだったたか。やはりフェイに従ってここにいるだけか。少しがっかりした。

「けれど、３００年前よりはいい気持ちですね。神々の戦争は、別にやりたくてやったわけじゃない」

その回答で十分だ。

最後の言葉は気になったが、今はいい。

俺は屋敷の皆を集めて、バリアの完成を祝うパーティーを開催することにした。パリピの血が騒ぐ。

まだ全員の名前を覚えていない。覚えなきゃ。

死の領主としては、ポイント稼ぎに余念がないのだ。

「おおっ!!　皆の者、オリヴィエ様がまたもや魔物を駆除して下さった。やはり女神様の生まれ変わりだ！」

オリヴィエはミライエ辺境の村で、救世主のごとく祀り上げられていた。

目の周りを真っ黒にさせられる特殊なメイクを塗られ、玉座に座らされていた。

静かにじっと焚火を見つめる。

（私、何をしてんだ……）

空を見上げれば、聖なるバリアが完成していた。

シールドは間違いなくいる。自分は一か月辺境の魔物を駆除し続け、この辺り一帯の村々から神のごとく扱われ始めている。

魔物はあらかた片付け終わったのを感じる。

聖なるバリアで魔物の侵入も防がれるだろう。ここにいる理由はほとんどなくなった。

「私は神の国に戻る」

今更ただの一般人とは言い出せないので、そういうことにしておいた。

目の前の焚火に飛び込むようにして、移動魔法で人々の前から消え去る。

（今度こそシールドに会いに行く）

領内に突如現れた聖なるバリアと、辺境の女神の話は、今領内で最もホットな話題となっていた。

十五話——side騎士団長の苦悩。移り行く情勢

「ゲーマグのやつはどうして戻らない!?」

なぜだ、なぜゲーマグが戻らない。

手にしたワイングラスを部下に投げつけて、騎士団長カラサリスは激しく罵った。

「この能無しのクズ共め。どいつもこいつも使えぬやつばかり」

罵倒しても仕方ないことは理解しているが、それでも暴言が止まらない。

心の制御が上手くいかない程、怒りに満ちている。

「カラサリス様、廊下までお声が聞こえてしまいます。怒りを鎮めてください」

部下に窘められるが、それでも焦りが気持ちを安らげてはくれない。

恥も外聞も無い。今はとにかく結果を出さねばならない。

国王からシールド・レイアレスを連れ戻すように任されている。

その全権を騎士団長の自分に授けてもらった。

始めはすぐに終わると思われた仕事だったが、シールドの行方がなかなか見つからなかった。

まさかドラゴンの森を超えていることなど想像すらしておらず、北と南を重点的に探らせていた。

ウライ国の辺境の街に聖なるバリアが出現したとき、ようやくそこにシールド・レイアレスがいることを知ったのだ。

その後に、獣人の国イリアスと、ミナントの国境付近にも聖なるバリアが次々と出現した。

国王の耳にもその話は既に入っており、自分の立場がまずくなっていくのが分かってきた。

全権を与えられたのに、何も成果を出せていない。

それどころか事態は悪くなるばかりだ。

その上、シールドを追放したのが自分だとバレた日にはどうなることか。

考えるだけで背筋が凍る思いだ。

シールドを捕まえて、全ての秘密を握り潰して再度聖なるバリアを張らせる計画が一歩たりとも進んではいない。

早く結果を出さなければならないのに、宮廷魔法師序列第1位のオリヴィエは消息をくらましている。

第5位のゲーマグは自信満々に出立して、こちらも消息不明。

「くそっ。……ゲーマグほどの男が負けるなんてことがあり得るのか？」

光魔法を使うあの男は、ギフト持ちの自分が戦っても勝てるかどうか怪しい男だ。

宮廷魔法師の序列は単純な強さではない。

国への貢献度、将来性なんかも加味されている。

戦闘面だけに絞れば、ゲーマグはトップスリーに入ってもおかしくない逸材だった。

「それが、光魔法で逐一報告を送ってくださっていたのですが……ミライエ自治領に入って以降連絡が途絶えております」

「お前はゲーマグのやつが、あのバリア魔法使いに負けたと言うのか？　あの、たかだか初歩的なバリア魔法しか使えぬ男に！」

「いえ……、しかしシールド様も宮廷魔法師。簡単にはいかないかと」

部下に八つ当たりするが、しかし、自分でも分かっている。

ゲーマグが帰ってこない理由はただ一つ。

シールド・レイアレスに負けたのだ。今は拘束されているか、最悪既に死んでいることも考えられる。

「次だ。あいつも向かわせろ！」

ゲーマグの他にもう一人、言うことをよく聞くやつがいる。

報奨金を出してやれば喜んで動いてくれるだろう。

オリヴィエとゲーマグに並ぶ武闘派宮廷魔法師だ。あいつなら、やってくれるかもしれない。

まだ底の見えない天才魔法使い、アカネ・スタニーに託す。

「はっ。直ぐに手配いたします」

部下に伝達を任せて、椅子から立ち上がった。

執務室から窓の外を見つめる。すでに日が落ちて暗くなっていた。

「どうしてだ。日に日に状況が悪くなる……」

自分の行動が愚かだったことは間違いないが、何より国全体で持っていた共通の認識が間違っていた。

シールド・レイアレスの、国を包む聖なるバリアは大したものではない。それに、壊れるものではなく未来永劫あるものだという勘違い。

たった3年という短い間で、人々はバリアがない前の生活を忘れ去ってしまった。

たった3年。

バリアの恩恵を当たり前と考え、商売も政治も上手くいく現状を自分たちの力と勘違いしてしまっていた。

今なら分かる。それは大きな誤りだったと。

時代の流れに疎いものほど気付けていない。ヘレナ国の危機に。

聡い商人は既に拠点を動かしていると聞く。

国境付近だけとはいえ、聖なるバリアがある3国にはとても強い追い風が吹いている。安心して商売できるというのは、商人たちにとって限りないメリットだ。

どういう流れでバリアが張られたのかは分からないが、大陸の3国はこの3年辛酸をなめてきただけあって、我々より聖なるバリアの重要さを知っていたわけか。

やることなすことすべてが裏目に出ている気がした。

これがシールド・レイアレスの真の力なのか……。

時代の流れが変わろうとしているのを感じた。

「……こんな事態になってようやく気付くとは」

自分の愚鈍さにも辟易する。

こうして追い詰められてようやく、あのバリアの凄さ、恩恵を理解できるようになった。

自分も当事者でなければ、この国を捨てて他へ移っていたかもしれない。

しかし、もう後には引けない。

シールド・レイアレスを追放し、ヘレナ国に今の事態を齎したのは紛れもなく自分なのだから。

一人考えこむ中、扉がノックされた。

部下ではない。名乗りを上げないのは、お忍びでくる人物だからだろう。見当はついている。

「入れ、エレイン」

「よく私だとお気付きになりましたね」

入ってきたのは、やはりエレイン。美しい瞳と同じ色をした青いドレスを身に纏った美しい令嬢で、かつてはシールド・レイアレスの婚約者だった女だ。

全ての不運はこいつから始まった。

会いたくなどないが、今となっては一蓮托生。無下に追い返すわけにはいかない。

「あまりうまく行っていないようですね」

「……冷やかしに来たのか？　お前も当事者だということを忘れるな」

「当然です。このままシールド・レイアレスが捕まらない事態が続けば、追放された経緯を調べられる日が来るかもしれません。そうなったら、私とあなたは破滅です」

そんなことは当然理解している。

だからこそ宮廷魔法師まで動かしてその対応にあたっているのだ。

これまで軍も民間人も多く使っている。それだけ金が使われているということでもある。

そこに来て、今日で宮廷魔法師の二人目を他国に向かわせることとなった。

これで何も結果を得られないとなると、いよいよ目先の立場すら危うくなってくる。

全権を任されているとはいえ、それもいつまで続くことか……。

「私にいいアイデアがありますわ」

「言ってみろ」

少し縋る思いで、話を聞いた。

「騎士で腕の立つ者を何名かお貸しください」

「ゲーマグでさえ敗れる相手だ。部下でどうにかなるとは思えないが」

ゲーマグが敗れた以上、自分ですら敵うか怪しくなってきた。そんな雲行き怪しい中、優秀な部下をみすみす敵の手の中に落とすようなことはしたくない。

「あくまでやっていただきたいのは護衛です。シールドの居場所がミライエだと分かった今、私の力であの人を連れ戻しましょう」

「何ができるというのだ」

こんな剣も魔法も碌に使えない女に期待しろと？　流石に無理があるぞ。

「私のことを無能のように見るのはおやめください。剣も魔法も使えませんが、女には女の武器がありますﾞ」

「色仕掛けか……。どうだかな」

「信頼なさって下さい。私との婚約が決まった当初のシールドの様子を知りませんでしょう？」

少し気になる話だった。

「はじめこそ戸惑っていたものの、初心（うぶ）で女性経験の乏しい彼はすぐに私に入れあげていたんですよ？　プレゼントも多く貰いましたし、挙式のときまで幸せそうにしちゃって」

「つまり、お前ならあいつを連れ戻せると？」

「ええ、会いさえしたら、こちらの勝ちです。私の演技で彼をヘレナ国へ連れ戻しましょう。連れ戻した後の処遇はお任せします。強制的にバリアを張らせるも良し、機嫌をとって従えるも良し」

男女の色恋は理論的に説明のつかないことが多い。

ゲーマグを返り討ちにした男だ。

もう一枚新手を送ってはいるが、そちらが成功すればそれで良し。ダメなら新たにエレインの策に頼ればいい。

「手玉に取って見せますわ」

断る理由はないように思えた。

騎士団の人員は既にあらゆる方面の捜索で割いているが、シールドの場所が既に特定できているので呼び戻しても問題はない。

「人を貸す。好きに使え。ただし、何が何でもシールドを連れ戻せ。俺もお前も、もう後がないものと思え」

「会いさえすれば、問題ないかと」

「その自信が本物だといいのだが」

と言いつつも、どこか期待してしまっている自分もいる。

他に策がないから縋りたい気持ちなのもある。

けれど、エレインは傍から見ても美しい女性だ。殿下と噂が出るほどの女性。

この女が本気で色仕掛けをすれば、落ちない男はいないのでは？　とさえ思える。

それに、この女には何かほかにもある気がする。

エレインが自室から出ていく。

祈るような思いで、策が成功することを願った。

しかし、事態は更に悪くなる。

部下から急ぎの報告が来た。なんとミライエにも聖なるバリアが完成しつつあるとのことだった。

街一つを覆う規模ではない。

ヘレナ国を覆っていた時と同様、領地の全てを飲み込むバリアだ。

「……くっ!?」

何としても作戦を成功させなければならない。

聡い者は既に動き出している。この上ミライエにバリアが完成するとなると、彼の地は大陸の覇権を握りかねない。

10年後、大陸の姿が大きく形を変えてしまっている可能性が出てきた。

「……なんとしても、あの男を連れ戻さねば」

第三章

バリア魔法の中と外

十六話――バリア魔法で上がる価値

「シールド様、少し嬉しい悲鳴と言いましょうか。困った事態になっております」

「ほう、なんだ？」

アザゼルが困るほどのことか。

気になるが、俺の知る限り何も問題はないように思える。

「地価が上がりすぎております」

「地価が？」

土地の価格が上がっている？　大陸の端にあるこんな辺境の土地の価値がどうして上がる。

そりゃ気候こそ恵まれているけれど、何か大きな産業があるわけでもなく、領地が発展しているわけでもない。

「治水工事が、シールド様が考えているより評価されているみたいです。それと、間違いなくあれでしょうね」

アザゼルが窓から空の聖なるバリアを指さした。

あれか。

「私が封印されている間の資料に軽く目を通してあります。特にヘレナ国のここ3年の発展は目覚ましく、その理由を辿りましたが、一つしかあり得ない」

「バリアってことか……」

「ええ、そうです。聖なるバリアは思っている以上に人の心に安心を与えるようです。民草の感情を言い表すなら、戦場にて鎧を着ているかどうか、そういう感覚に近いかもしれません」

あまりピンとこなかった。アザゼルにしては珍しく下手な比喩な気がした。

「鎧をつけずに戦場に立つやつがあるか」

「そういうことです。ヘレナ国の安定を知ってしまった人たちは、もう聖なるバリアなしでは暮らせないのですよ。それこそ、鎧をつけずに戦場に立てるわけがない、という具合に」

「うーむ」

言いたいことは分かってきた。

しかし、そこまでのものなのか？　そこらへんがしっくりこない。全然感覚が分からない。

確かに世の中には魔法も剣も使えない人の方が多数を占める。

その人たちからしたら、バリアの存在は俺の感覚以上にでかいのかもしれない。

「分かった。それで地価が上がりすぎて困る人がいるのか？」

「土地の税金が上がりすぎてしまいます。更に今売れば美味しい金額になりますからね、土地を転がして儲けている者もいるようです」

「賢い連中は動いているわけか。そっちは好きにやらせるとして、税金はどうにかしないといけないな。変わらず住む者に配慮して、ある程度税金を抑えてやれ」

完全に撤廃はできない。価値あるものを持つ以上、当然責務もついて回る。他人に売り渡すのも手段としてはあるわけだから、なんとかなるだろう。

しかし、急激な変化について行けない人たちも多くいる。救いの手を差し伸べるべきだろう。

「新しく住める土地を増やそうか。幸い貯蓄は増えた。その金を使って、人を動員して開拓を進めよう」

「そのように」

取りあえずはこれでいいかな。俺のバリアで起こした変化には俺が対処しないと。

領民は既に増えつつあるけど、これだけ地価が上がり続けているとなるといずれはもっと増えるだろうな。

商人が視察に来ているのも聞いているし、街道の整備もいずれしておきたい。

やることは多そうだな。

これからやるべきことを思い浮かべていると、アザゼルと二人きりの執務室がノックされた。

「入れ」

扉を開いて入ってきたのは、魔族のベルーガと先代領主の忘れ形見の少女だった。

まだ10歳前後の少女は、しばらく見ないうちに栄養状態がすっかり良くなって、美少女然としていた。

「おおっ、見違えたな」

魔族の教育担当に任せていたはずだが、流石だ。きっちり仕事をしているのが一目で分かる。体力も回復し、病気もない。目には力が宿り、しっかり世話をされた感じがある。

「シールド様、この子がどうしてもあなた様に話があると言うことを聞かないみたいで」

「俺に？」

なんだろう。何かに事欠いているようには見えない。

「なんだ、言ってみろ。玩具くらいなら買ってやれるぞ」

幸い、今の俺は超金持ちだから。そのくらいは余裕だ。

「違う！　そんな願いではない！」

存外、強い言葉が返ってきた。子供扱いされたことに怒ったのだろう。礼儀作法を知っていても、感情を抑えることができていない。

「そうかっかするな」

「……ごめんなさい。まずはお礼を言うべきでした。私はルミエス・ミライエ。先代領主の娘です。ヴァンガッホから救っていただき、感謝しております」

貴族らしい振る舞いで、丁寧に一礼して見せた。

以前から貴族の教養はあるみたいだ。それほどに自然な動き。もしくはこの短期間で魔族の教育係が叩き込んだか？　それならかなり優秀な教え手だ。

「食事と寝床の提供、それに勉学の指導も感謝いたしております」

「至れり尽くせりだな。何も問題なさそうに思うが」

自分で言うのもなんだが、めちゃくちゃいい扱いをしているではないか。

屋敷で働く他の人間は、あの選別を生き残り、今も毎日真面目に仕事をこなしてくれているから厚遇している。

思えば、この屋敷でただ飯を食っているのはこいつとフェイくらいだ。

フェイめ、あいつ本当に食っては寝ての生活をしている。そのくせ要求が多い。

働かない二人が問題を持ってくるのは、なんとも不条理だ。

「そんなことはない。父の領地を好きにはさせない。……魔族の手には渡さない！　お前たちがどういうつもりで領地を発展させているか知らないが、私には領民を守る義務がある。それがお父様の遺言だ。お前たち魔族には負けない！」

お前たち。

言い方が気になった。

もしかして、その中に俺もカウントされていないか？

いや待て。ドラゴンのフェイと並んで歩き、魔族を従える俺は、子供のこいつから見たらやはり魔族になってしまうのではないか？

しかもあの日の選別をはっきりと覚えているみたいだしな。子供の身であんなことが起きたら、そりゃ忘れるわけもないか。

「それで、要求は？　領地を渡せなんて言われても、当然断るぞ。なにせ、今となっては俺が自治領主だからな」

バリア魔法で勝ちとった土地だ。

他国にも認められている。

渡せと言われても、渡せないのが現実だ。悪いな、小娘。

「そんなことは分かっている。勉学だけでなく、魔法も教えろ！」

ここでベルーガが耐えかねてルミエスに鋭い視線を向けた。

これ以上失礼な言葉遣いは許さないという意味らしい。

手で制して、ベルーガを下がらせた。

「気持ちは理解した。しかし、お前は俺に生かされていることを忘れないように」

「……分かっている。それでも」

首飛ばしの領主だぞ。

この領地に住む者は、俺が歩いた後に首が残ることを覚え始めている。

未だにこんな強気なことを言えるのは、この小娘くらいだろう。

「けど、その勇気と民を思う心に免じて許そう。お前に魔法を教える。ただし、バリア魔法だけだ」

「バリア魔法？」

「そう、明日から魔族に教えさせる。バリア魔法の基礎くらいならだれでも教えることが出来るだろう。話は以上だ、下がれ」

「バリア魔法だけって、そんなのあんまりじゃ……！」

ベルーガに口を塞がれて、ルミエスは強制的に退室させられた。

あっははははは。

悪いな。俺に魔法の相談をするからだ。

俺はな、バリア魔法しか使えない魔法使いだが、その分だれよりもバリア魔法を愛しているんだ。

愛しているものを他人に押し付ける。なんて快感だ！

弱者の自分を呪うか、バリア魔法を極めるか、二つに一つだ。先代の忘れ形見よ！

俺が高笑いしていると、再び部屋の扉が開かれた。

「よろしいでしょうか？」

ベルーガが俺たちの前に戻ってきた。

この白髪美女は滅多に自分から口を開こうとしないのだが、ここ最近はなんだか口数が増えた気がする。ルミエスの姿はもう見えないし、声も聞こえない。他の魔族に引き渡したのだろう。

「好きに話せ。アザゼルの次に、お前には貢献してもらっていると思っている」

「ありがとうございます。領主様が気にしていた評判の件ですが、心配の必要はないように思われます」

ほう。それも気になる。

俺は死の領主だ。

歩くたびに人の首が飛んでいく。これまでに領主代理を含め、街の管理者も何人か首を飛ばしてきた。

視察の段階で、ベルーガがどちらでもいいと保留にしていた数人も、改心したのが半分、魔族に首を飛ばされ屋敷を燃やしたのが半分と明確な結果に分かれている。

あれだけ見せしめをしたのに、まだ不正するんだもん。

仕方ないよね。俺は悪くない、きっと。

「領主様の評判はむしろ抑えきれないレベルに高まっています。その名声は、辺境の女神に並ぶほどです」

「誰だそれは」

「ふふっ、やはりご存じなかったですか。では、私は仕事終わりですので、失礼いたします」

「いや、辺境の女神って誰!?」

悪戯っぽく去って行くベルーガは、最初の頃から印象がガラリと変わってきた。

辺境の女神と並べられるのって評判的にどうなんだ？　という疑問は残ったが、ベルーガが楽しそうならいいや。

アザゼルだけでない。ベルーガもここの生活を楽しんでくれていそうだ。それが分かっただけで、俺は結構心が満たされた。

領地が日に日に発展していく中、アザゼルが魔族を連れてダンジョンの整備に入っていった。

やはりダンジョンから得られる恩恵は大きいようで、冒険者が死に過ぎている現状を改善するために動き出した。

生存率を上げることと、生産性を高めるための着想を得る目的の視察だ。

アザゼルに連行されるゲーマグの姿が見えた。

まだ生きていたのか……。普段はお洒落ボウズなのに、今は出所後の坊主頭に見えるのが不思議で少し面白い。ダンジョンでその力を活用されるのだろうか。光魔法は薄暗いダンジョンで重宝されそうだ。まあ、あちらは任せるとしよう。

俺は日々訪れる商人の相手で忙しい。

皆、これからミライエで商売を始めようという大手商会のトップたちだ。貢物を持ってきたりしたが全て断っておいた。

賄賂目的で持ってきた者には、次同じことをしたら首を飛ばすとだけ伝えておく。

ミライエは治水工事を行い、領地を包む聖なるバリアも張り終えた。治安も今のところ非常に良く、暮らしやすいが、首がすぐ飛ぶこともお忘れなく。

地価が上がり、安定した土地に見えるが首が飛ぶリスクもしっかりとある。ここはそういう土地です。

中には御用商人を任せて欲しいという連中もいたが、今のところ特に欲しい物も、必要な物もない。

必要な調達は侍女と魔族に任せている程度で事足りているし、軍は軍でオリバーたちがなんとかやってくれている。

何一つ不足がないので、変に誰かに権力を持たせるのは面倒だと思い、却下している。

そもそも有能かどうか知りもしない相手に、権限を与えるのは危険というのもある。

まずは人を知らないと、何も始まらない。有能なら放っておいても、そのうち頭角を現すだろう。

急いで決める必要はなさそうだ。

ちなみに、俺への来客は全てベルーガフィルターがかかる。

どういうことかと言うと、悪意があればすぐさま首が吹き飛ぶということだ。

一人、門の前で拘束されていた商人がいたが、目的を洗いざらい吐かされた後に首が飛んで、見せしめにあっていた。

それ以来変なのは来ていない。

死の領主は未だ健在である。

ちなみに、その商人は危ない薬を扱う商人だったので、根絶やしにしておいた。

一味総勢で、首が１００は積みあがったらしい。良き、良き。

よく働いてくれる魔族たちが出払ってしまい、少し暇だ。

フェイのやつも挨拶にきた商人の接待を受けるため、今日は外に出ている。

「お主が賄賂を歓迎してないのは知っておる。けれど、これは違う。ただ飯を食わせてくれるから行くだけじゃ」

とか言い残してご機嫌に去って行った。

まあいいだろう。高い酒をたらふく飲んでくるがいい。

「ははっ、少女一人の飲食代などお気になさらないでください」

そう言って満面の笑みで去って行ったあの丸々とした小太りの商人は、きっと今晩には後悔に頭を抱えることになるだろう。フェイの食事代で路銀を溶かした日々の記憶が蘇りそうだ。

俺は屋敷に残って、使用人たちと親交を深めようとしたが、廊下を歩いているときにガチャガチャと音がする部屋を見つけた。

中を覗いてみると、灰色の髪に、黒いアイラインの目立つ、楽し気に笑いながら作業する少年がいる。

ユラユラとリズムよく動く黒い尻尾は魔族の象徴だ。

「なんだ、一人残っていたか」

ベルーガも俺の護衛兼補佐で残っていたが、他は全員アザゼルとともにダンジョンに行っているものと思っていた。

子供の魔族は、最初の選別の日以来見ていなかった。

「あっわわわ。シールド様！」

手にしていた工具を放り出し、魔族の少年が頭を下げた。床に届くほど限界まで。

……床にまでつけなくてもいいのに。

礼儀正しいのもあるが、他の魔族には感じない気の弱さを感じる。

「楽にしていい。俺には仲間が少なく、お前はその数少ない一人だ」

無礼は許さんが、過度な礼儀はお互いに疲れてしまう。

魔族は今や大事な仲間だ。

「名前は？　アザゼルとダンジョンに行っているものと思っていた」

「ダイゴです。僕は魔族の中でも最弱なので、アザゼル様には置いて行かれました」

それでも封印されていたのを解除されて、仲間に加えてもらっている魔族だ。

ただ弱いだけではないだろう。

「目を輝かせて、何かをいじくりまわしていたな。何をしていた？」

「魔石を分解していました。魔石って分解すると、その効果を改造できるんです」

「ほう、興味深い」

詳しく聞いてみることにした。

この屋敷で働く者には、月ごとに給料を支払っている。

それは人間も魔族も関係なく支払っていて、何もしないフェイにも払っていたりする。

そのお金が入ったことで、ダイゴは市場で魔石を買い集めたらしい。

それを分析、改造している最中とのことだ。

魔石の活用方法というのは、その性質と魔力を何か別の道具に付与、もしくは合体させて使うのが一般的だ。

街でも生活に当たり前のように取り入れられている。

主に魔物を倒して手に入る魔石はダンジョンからとれることが多いので、冒険者業は常に盛んだ。

そこを改革しようというアザゼルの施策は流石と言うべきだろう。

結果が楽しみである。

そういった使われ方が一般的な魔石だが、ダイゴは分解して改造までするらしい。

器用な指先と、深い知識がないといけないだろう。

「で、何を作る予定だったんだ？」

「そ、そのっ。後々アザゼル様を通して、領主様にお願いする予定でしたが、バリア魔法を僕なりに改造するために必要なものがありまして……」

バリア魔法を？　これまた興味深い。バリア魔法は最高だからね。興味を持つのも分かる。

「いいタイミングで俺たちは出会ってしまったわけだ。欲しいものを言ってみろ。俺が用意できるものなら用意する」

「はいっ！　ありがとうございます」

またも床に頭をこすりつけて感謝してくる。礼儀正しいやつってのは分かるが、そこまでされるとこちらまで申し訳なくなる。

そういえば、魔族の中でも、ここまで感情を表に出すのは初めてだな。

子供だからか？　それともやはりみんなここが気に入って心を開いてくれているのだろうか。

後者だと良いな。

「前にオリバー様とカプレーゼが戦っていた時に見せてくれたバリア魔法。あれを覚えていますか？」

「あれか」

二人に割って入ったバリア魔法だ。

あの場にもいたのか。存在に気付いてやれなくてすまない。

「あれってバリア魔法をシールド様から切り離して使えるっていうことですよね」

その通り。

バリア魔法は、俺から離れても問題なく使用できる。

もちろん距離に限界はあるが、国単位とかその規模の話になってくるので、実質無制限である。

「よく観察しているな」

「ありがとうございます。あの切り離したバリア魔法が、そのままの効果で使用できるなら、何枚か分けて欲しいです」

もちろんそれも可能だ。

正確な耐久期間を知らないが、聖なるバリアと同じく3年くらいと見ていいだろう。

「任せろ。今すぐに作る」

簡単に物理防御バリアを10枚と、魔法防御バリアを10枚作り上げた。

分ける必要はないが、臨機応変に使いこなす俺と比べて不便だろうから一応分けておいた。

正方形のバリアで、サイズは縦横2メートル。

少し大きいかな?

「形とサイズに要望があれば、言ってくれ」

「円形が良いですね。サイズはちょうどいいです」

「よし、きた」

バリア魔法を変形させて、円にしておいた。簡単、簡単。

「完璧です。ちょっと待ってくださいよ。これをつけて……」

ブツブツと呟いて、何か作業を始めた。

子供だからだろうか、はたまた天才の類か。作業に入り込んでからは、俺の存在を忘れて没頭する。

作業を見ているのはなんだか楽しかったので、近くで見ていた。

切り離したバリアに魔石を固定し終え、ニコッと笑ってこちらを見つめる。

「バリア魔法に僕の改造した魔石を引っ付けてみました」

手を離すと、バリアが浮遊して、惑星のようにダイゴの周りを一定間隔を保って動く。

「領主様、何か魔法をぶつけてみてはくれませんか？」

「……バリア魔法しか使えないんだ」

「ご、ごめんなさい！」

頭をこすりつけて謝罪された。

今のは、謝罪するべきだ。俺のコンプレックスに触れたからな。

「では、領主様の魔力を少し吸わせていただけませんか……」

もちろん良いので、手を魔石にかざした。

それだけで作業は完成みたいだ。

俺の魔力を吸わせた魔石を、同じ容量でバリアにくっつけた。

先ほどダイゴの周りを浮かんでいたように、バリアが俺の周りを旋回する。

「では、魔法をぶつけます。領主様は何もせずいてください」

「お、おう」

ちょっと怖いが、そうしよう。どうせ体を守る最終バリアもあることだ。

「ファイアーボール！」

ダイゴが放った火の玉が、真っ直ぐ俺に飛んできた。

すると、旋回していたバリアが鋭く反応し、火の玉を防ぐ。

「やっぱりうまく行きました！　魔石を改造して、魔力に反応するようにしたんです。どんな魔法にも魔力が籠っていますからね、絶対に魔法に反応します」

「ただ反応するだけでは意味がないから、俺のバリアを引っ付けたわけか。面白い防御システムだ」

「そうなんです。領主様のバリアはフェイ様とアザゼル様の魔法でさえも通さないと聞いております。このシステムにより、最強の防御を使える人物が増えます」

「素晴らしい！」

これは本当に凄いシステムだ。

なるほど、アザゼルがこいつをわざわざ連れてくるだけのことはあった訳か。

「特別に予算を組もう。もっと精度を上げてみてくれ。ちなみに、物理防御のバリアはどうする？」

「そちらは人の体温か鉱物に反応させようと思ってます。まだ試行錯誤の段階ですね」

「それ、いいな。では任せた。今後、魔石は予算を組むからそこから買え。好きなだけ買っていいぞ。なにせ、お前たち魔族の働きで我が領地も俺の財布も潤っているからな」

「ありがとうございます！　なんて御礼を言えばいいか！」

またも頭をこすりつけて御礼を述べるダイゴだった。

取りあえず、このシステムを完成させるために、追加でバリアを１００枚渡しておいた。

簡単な仕事だ。なにせ初級魔法のバリアだからね。量産しても消費魔力は微量。なんてコスパの良い魔法だ。

「楽しみにしてるぞ」

「はい、必ず！」

俺はダイゴの部屋から出て、仕事に戻るのだった。

最強バリアシステムの完成を楽しみに待ちつつ。

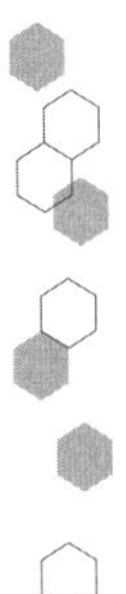

「シールド様、何か強力な魔力が近づいてきます。お下がりください」

穏やかな雰囲気の中、食堂でご飯を食べているときだった。ずっと傍に控えていたベルーガが警戒態勢に入った。

「強力な魔法の使い手です。私一人でお守りできるかどうか……」

「お前はどこまでも真面目だなぁ」

口元を拭い、食事を中断した。

この場にフェイがいなくて良かった。また激怒して壁を突き破られても困る。

前回ゲーマグが開けてしまった穴は、いやフェイが開けてしまった穴と言うべきだな。

あの穴はどうやらダイゴの魔道具でふさいだらしい。

天才少年は屋敷の修繕にも尽力していたのか。寝て朝起きたら穴がなくなっていた。誰かがやってくれたんだね、サンキューくらいにしか思っていなかった。

屋敷にもバリアを張るべきだというアザゼルの言葉もあったが、そこまでする必要はないと言っておいた。

こんな化け物だらけの屋敷に殴り込んでくるやつなんていないだろう。襲われるにしても外だと思っていたからだ。

まさか、アザゼルやフェイがいないタイミングを見計らってくるとは。

なかなかに用心深い相手じゃないか。

俺を守らずとも、ベルーガもサボっていればいいものを。なにせ俺は守りのスペシャリストだぞ？

この屋敷で一番真面目に働いているベルーガに、一番厄介事が舞い込むのはなんだか申し訳ない。自分で何とかするとしよう。

「ここは、俺がやる」

「しかし、シールド様！」

ベルーガの実力を見てみたい気もするが、やはり俺がやるべきだろう。

なにせ、相手は空間を捻じ曲げる魔法の使い手だ。

食堂の空間に亀裂が入った。

こんなことが出来るのはミナントの要人、エロエロ女のガブリエル以外あり得ない。

けれど、あり得ないことを可能にする、それができる人物を俺は知っている。普通では使えない特殊な魔法を使えるとしたら、あいつしかいないだろうな。

宮廷魔法師の中でもかなり異質な若き才能。

「やっほー。空間魔法が遺伝の魔法だなんて嘘だね。だって簡単にできたし」

食堂に入った亀裂が広がり、空いた黒い空間から出てきたのは、明るいピンク色の三つ編み少女。好奇心に満ちた目から、わんぱくさが一目瞭然だ。

シャツと短パンしか着ていない。日に焼けた褐色の肌があらわになっている。靴も履いておらず裸足だった。体に浮かんでいる電気の流れのような黒い線は、魔力量が膨大な者が持つと言われる魔力跡である。

宮廷魔法師時代にその才能は何度も見せてもらっている。けれど、今回も度肝を抜かれた。

流石にこの登場は驚く。

「よう、アカネじゃないか。お前もカラサリスに言われて俺を倒しにきたのか？」

「そうだよ。あのおっちゃん、追い込まれちゃってやばいらしいよー。1回断ったらさ、おっもしろいんだ。アカネに頭を下げに来たんだよ。ちょー最高。あっははは、おかしいー」

なんだか、気の抜けたやつだな。

ゲーマグとは全然違う。あっちはもともと俺を敵視していたこともあり、カラサリスの指示がなくても俺との戦闘を望んだだろう。

けど、アカネは戦いに来た態度じゃない。毒気抜かれちゃう気分だ。

「用件は分かった。で、実際お前はやる気あるのか？」

「もっちろん。アカネ喧嘩大好きだから！　あそぼっ」

だよなー。

宮廷魔法師の中で、好んで俺に絡んでいたのはこいつくらいだ。

こいつの口癖はいつもあれだった。

「ねえ、今度こそシールドのバリアを壊してみせるよ！」

「うっ……」

変わらないなーこいつは。

「なんでかなー。アカネがやっても普通のバリア魔法にしかならないんだよ。でさ、薄いバリアを重ねたりもしたんだけど、やっぱりこんな初級魔法で全ての魔法を防ぐなんてできなくてさぁ！いろいろ考えてるんだけど、どうしてかなー。不思議だなー」

「一方的に話し続けるのはやめてくれ。疲れる」

これだからキッズの相手は面倒だ。

フェイとはまた違った面倒くささがある。

聞き流せればいいんだけど、全部真面目に聞いちゃう性格なので、非常に疲れる。

キッズはこれだから嫌いだ。天才キッズはもっと嫌いだ。

「じゃあもう始めて良いかな？　いいよね？　どうせシールドのバリアっていつでも発動できるんでしょ！　すぐに死んだりしないよね！　じゃあ、いっくよー！」

魔法が発動されたが、もはや何の魔法かすら分からない。

天井に向けたアカネの指の上に、黒い球体が現れ、球体の周りを靄（もや）が漂っていた。

「これならいけるんじゃないかな？　あたったら死ぬから、そのつもりでね」

予備動作なしで、黒い球が飛んできた。

警告がなくても、それがやばいものってのは分かる。

『バリア――魔法反射』

バリアにぶつかる黒い球体は、その小ささからは信じられないほどのエネルギーを放出する。屋敷内に乱気流が発生し、窓を次々に割り、食器を吹き飛ばす。テーブルも舞い上がった。

しかし、やはり俺のバリアは壊れない。

悪いが、まだまだ余裕がありそうだ。

黒い球を弾き返す。なんの魔法か知ったこっちゃない。天才アカネの作り上げたものを俺が知ることは敵わないが、魔法ならなんだって撥ね返せる！

黒い球の進行方向が変わり、今度はアカネめがけて飛んでいった。

消え去るのはお前だ。あれが弾けたとき、一体どれだけの衝撃がくるか分からない。

領地を守るために、衝撃を包むバリアを用意した。

「ありゃりゃ、これは死んじゃうやつだね」

あっけらかんとした態度でアカネは黒いゲートを開いた。

球体が吸い込まれ、どこかへと消えてしまう。ゲートもすぐさま閉じられた。

「ふぃー、あんなの食らってたら髪の毛1本も残らず消えちゃうよ」

「どこに飛ばしたんだ？」

行き先が気になる。

どこに飛ばしても、甚大な被害が容易に想像できる。

「え？　知らないよ。場所を指定できるほど余裕なかったし」

「まじかよ……」

これだからキッズは嫌いだ。

俺の領地に飛んだりしていないよな？

被害報告がでたら、許さん。子供だろうと首を刎ねる。

「んー、前回指定先って騎士団の家だったかな？　悪戯で寝てるとこに水ぶっかけたんだよね。あれは最高だったなー」

なんておぞましいことを!?

憎き騎士団長カラサリスだが、寝ているところに水だと!?

犯罪過ぎるぞ。

これだからキッズは嫌いなんだ！

「お遊びはこれまでだ。次は必ずあてる」

魔法を飛ばすゲートがあるのは分かった。

しかし、なにも真っ直ぐ撥ね返すだけが芸じゃない。

バリア魔法しか使えない俺は、バリア魔法でできることはなんだって心得ている。

うるさいキッズは、ミライエの地に埋葬してくれよう。

「次はなんの魔法で遊んじゃおうっかな。ねばねばのやつなんて良いかも！」

不吉なワードが聞こえたが、まあ撥ね返せばいい。これ以上屋敷を汚されないためにも、早めに終わらせておきたい。

「ん？　君は誰？」

アカネの視線が逸れた。

その先にいたのは、ダイゴだった。

なぜこんなところに。

「領主様の危機に参上いたしました！　加勢します。僕にも指示をお願いします」

昨日渡したバリア魔法を体の周りに浮遊させて、ダイゴが加勢に来てくれた。

足元が震えているのは、戦闘経験のなさを物語っている。

以前に辺境伯のアメリアを指導したときと、近いものを感じた。

やはり若いと実戦経験が乏しいことが多いようだ。

これだけ怖がっているのに、駆けつけてくれたことに感謝する。

「ありがとう。お前は下がっていろ。俺が全て片付ける」

歩いて近づき、ダイゴの頭に手を載せ、軽く撫でてやった。

偉いぞ。駆けつけてくれた、その気持ちだけで十分だ。

「ねえ、その浮いてるやつってさ、シールドのバリアじゃない？」

アカネが魔法の詠唱を止めて、ダイゴに視線を移した。

「いいのか？　俺から目を離しても」

「だってシールドって、バリア魔法しか使えないじゃん。そっちの白い髪のお姉さんは警戒してるけど、シールドを警戒してもねぇ？」

「ぐっ！」

こいつ、俺のコンプレックスをいじくり回しやがって！

許せん、許せんぞ！　これだからキッズは!!

「ねえ、君。それシールドのバリアでしょ？」

「領主様……」

答えていいのかという視線を向けてきた。

アカネのやつは良くも悪くも悪意がないんだよな。単純に遊んでいるだけ。どちらの魔法が強いか、いや凄いかだな。凄さを比べて楽しんでる無邪気なキッズでしかない。

今も本当にダイゴの作り上げたものに興味が湧いただけなのだろう。

「大丈夫だ。話くらいしてやれ」

「……これは領主様のバリア魔法を頂き、僕の魔石をくっつけたものです。魔石は魔力に反応するようにしてあるので、連動して動くバリアの効果で魔法を通しません」

「へぇー！　おっもしろーい！　じゃあ、これなんかどう？」

アカネのかざした手のひらから黒い稲妻が走る。

地面を這うように進んで行く稲妻が、ダイゴに当たる前にバリアが完璧に反応して防ぐ。

「わーお！　反応が完璧だったし、電気も防いじゃうんだね！　ねえ、それどうやって作ったの？」

「魔石を改造するとできるよ。バリアはシールド様の最強魔法だし、絶対に魔法は通さない」

「じゃあこれは!?」

アカネのかざした手から、蜘蛛の巣の形をした粘液が飛び出す。

これにも反応したオートバリアだったが、ねちょりと粘液がまとわりつく。

あれに魔法反射の効果はないからな。よく考えたものだ。

「それっ、それっ、それっ」

効果ありと見たのか、アカネは次々に粘液を放つ。

あれを俺に向けるつもりだったか……。なんか汚っ。

オートバリアに粘液が大量に絡みつき、重さで徐々に反応が悪くなる。

次第に浮遊していられなくなり、バリアが地面に落ちた。

「あっわわわ。こんな弱点があったなんて!?」

「あっははは。アカネの勝ちだね！　でも、最高だよ、それ！　ねえ、ダイゴって言うんでしょ？　私と一緒にそれ改良しようよ！」

「え、えーと……」

まんざらでもない表情で、ダイゴが俺を見た。

なにワクワクしてんだ。

天才同士で何か共鳴するものがあったらしい。

「おい、アカネ。おとなしくするって言うなら領地においてやる。ダイゴとも遊ばせてやるが、どうする？」

「うん、大人しくする！」

……絶対に守ってくれそうにない気がするが、まあいいか。

「いいよ。ダイゴと遊んできな」

走って食堂から出ていく二人の後ろ姿は、まさしく子供だった。

残されたボロボロの食堂に、俺とベルーガが立ち尽くす。

「シールド様、良いのでしょうか……？」

「仕方ないだろう。あれ、追い返せるか？」

「うーん、たしかに」

俺とベルーガは泣く泣く納得するほかなかった。

煩いキッズが、うちの領地に住み込むこととなった。これだからキッズは嫌いだ！

十七話――来客はバリア魔法が目的ではない

パタパタと蝙蝠が飛んできて、窓辺に着地した。
窓をこつんこつんと突き、中に入りたがる様子を見せた。
執務室にいた俺は、それが初めて会った日にアザゼルが使役していた蝙蝠だと気付く。
連絡用に飛ばして来たのだろう。
手紙を咥えていたので、それを受け取った。
頭を軽く撫でると、目を細めてか細い声を出して嬉しそうにする。
用事が終わると、すぐに窓から飛んでいった。
アザゼルと同じく真面目だな。
テーブルにあったナッツでもあげようと思ったのに。
「健気なやつだ」
手紙をさっそく開けて読んでみた。
「ふむ」
……なんだか恐ろしい内容だった。
ダンジョンの調査中、恐ろしい魔法使いに出会ったらしい。
あらゆる魔法を使いこなし、アザゼルたちに敵対しているとのことだ。

あそこにはゲーマグもいたはずだから、魔族と宮廷魔法師の足止めをできるほどの魔法使い？

誰だ？

そんなやつ、世界中探しても何人いることか。

それにアザゼルは腐敗の魔法を使う。

あれを防ぐのは至難の業となるだろう。

「んー」

だれだろうか。

本当に分からないな。

しかし、手助けはいらないらしい。

流石にあれだけの魔族を相手に、その猛者も苦戦しているらしい。

そもそもなぜ戦っているんだという疑問もあるが、アザゼルが大丈夫と言うならいいだろう。

「変なのがいるなー」

辺境の女神と言い、ダンジョンの猛者と言い、この領地には未開の部族でもいるのかもしれない。

早めに解決してくれたらいいんだが。

全てがうまく行っているように見えて、潜在的なリスクが見え隠れしている。そんな気がした。

報告を読み終えた頃、ベルーガが来客を告げに来る。

「美しい女性がお見えです。領主様の知り合いだとか」

「なぜ名乗らないんだ？」

「さて」

しかし、ベルーガの悪意フィルターには引っかかっていないので、通しても良いだろう。

名乗らないのは少し奇妙だ。しかし、美女が会いに来てくれているのに、断る理由もないだろう。

しばらくしてノックもなしに入ってきたのは、獣人イリアスで剣聖の称号を貰っている女性だった。

「私だ！」

白いコートを身に纏い、立派な体躯の背中には大剣を背負っている。

今日も美しい立ち姿と強い目力で俺を鋭く見据えていた。

「お前か……」

俺たちの間のテンションに大きく乖離があった。

やたらと嬉しそうなメレルだったが、あんまり得意な相手じゃない。

だって、絶対にあれを言われるからだ。

「私の夫となる準備はできたか？」

「うっ」

ほら、来た。

そのうち言われるだろうと思っていたけど、いきなりとは。

なんという積極性。

顔は綺麗だし、鍛え抜かれたその体は芸術的な美しさも感じる。もちろん女性的な魅力もあるが、どうもグイグイ来られると逃げたくなってしまう。そういう欲求がないわけじゃないが、なんか照れる。

「今回は完全に私用で来ていると言いたいところだが、行き先を告げたら女王に仕事を任された。ほとんど旅行な上に、金も貰えたからよしとしよう」

「仕事？」

「そうだ。イリアスの使者としても来ているから、屋敷に泊めてもらうぞ。我が未来の花婿よ」

なんか、それはずるくね？

実際にイリアスの女王からの手紙も持っているし、追い返すわけにはいかない。

部屋も空いているし、メレルの言う通り使者を追い返す訳にはいかないよな。

でも、それを泊まるための口実にしているのは気のせいだろうか？

「たっく、今はうるさいキッズも泊まり込み中だが、良いのか？　それほど広くない屋敷だ。会うことになるかもしれんぞ」

「子供は嫌いじゃない。シールドが望むのなら、私が何人でも産む。私たちの子だ、絶対に最強の子が生まれるぞ」

……少し想像してしまった。

メレルの身体能力を持って、バリア魔法も使える人物か。

たしかに凄く魅力的なお相手に思えてきた。

改めて見てみる。メレルはやはり美人だ。

ソファーに腰掛けた今も、座り姿だけで絵になる。

コートを脱げば少し露出の多い格好になるのだが、引き締まった体がとても色っぽい。特に個人的な好みを言えば、その引き締まった太ももは大変グッジョブ！

「ん？　どうした、私の体を見て興奮でもしたか？　シールドが良ければ、今から相手をしてやらんでもない」

「んんん!!」

首を横に振って拒否しておいた。

頬が赤くなっていくのが分かる。

そんなに積極的に来られるのはとても、とても恥ずかしいです！

「使者の方、おやめください。シールド様はこれでも結構初心なのです」

うんうん、そうだよ。って、ベルーガさん!?

「あっははは！　分かっておる。かわいい花婿殿だ。して、魔族のお嬢さんはなぜシールドに仕えている？　私の記憶が正しければ、魔族は数も少なく、人間に敵対していると思っていたが」

ベルーガは少し間を置いて、問いかけに答えた。

「シールド様には仕えておりますが、他の人間に対する認識はあなたが言う通りで間違いありません」

「ほう、つまり私も敵だと」

「ミライエの領民はシールド様のもの故、敵としては見ておりません。あなたも使者である以上、私から手を出すこともないかと」

「なんだ、つまらん。せっかく魔族と戦えると思っていたのに」

「ハラハラさせる会話はやめてくれ」

二人が話している間、少しだけ危ない空気を感じたぞ。

それにしても、ベルーガは見た目だけなら、ただの美しい女性に見える。それを一瞬で魔族だと看破してしまうとは、流石メレルと言うべきか。

「ところで、なぜ魔族だと分かったんだ？」

「匂いで違いが分かるのさ」

自分の鼻を自慢げに指して、メレルが教えてくれた。

なるほど。獣人は身体能力だけでなく、嗅覚まで優れているのか。俺たちには嗅ぎ分けられないものを、嗅ぎ分けることが出来るのは便利そうだ。

「魔族を従えているなんて驚いたけど、私の花婿なら何でもありだ」

「そうか。思っているより悪い奴らじゃないぞ」

……断言したけど、１００年後はどうなっているかなー。

フェイの指示で魔族が人間に牙をむくこともあり得る。でも今はそんなことないので、仲間だと言っておこう。

「私の剣が通用しないシールド相手に、魔族がどうこうできるとは思わない。だから心配はしていない。それより、私が危惧しているのは別のことだ」

メレルが立ち上がって、ベルーガに近づく。

仲良くするって話だったんじゃ!?

ベルーガの顎をくいっと持ち上げて、上背のあるメレルが上から顔を覗き込む。

顎クイだ！　生で初めて見た、顎クイを！

「美しい顔をしているじゃないか。……シールド！」

「はい？」

「この娘に手を出していないよな？」

「も、もちろん！」

急に名前を強く呼ばれたから、なんだと思ったら、そういうことか……。

俺はそんなにスケベな男じゃないぞ！

ベルーガとはあくまで仕事仲間だ。そんな目で見たことはない。美人だとは思っているけれど。

「全く、この男の周りには自然といい女が集まる。油断していると、すぐに盛りのついた女どもに攫われそうだ」

グチグチと言いながら、メレルがソファーに戻っていく。

険悪な雰囲気にならなくて良かった。

心配したが、ベルーガはどこまでも冷静だ。

「私は別に。けれど、シールド様がそういう気持ちでしたら、断るようなことはしません」

「ベルーガさん!?」

思わず声を張り上げた。

ソファーに腰掛けたメレルまで再度勢いよく立ち上がった。

「この女……。こういうのが地味に強敵なのだ。私の花婿に手を出される前に、やはり切り刻むか？　ガブリエルといい、アメリアの小娘といい、またもライバルが増えてしまった……」

メレルがジトッとした目つきでベルーガを観察する。

それほどまでに警戒するのか。かなりの強敵だと思ってる？

「傍にいる時間が長いのは、つよい……」

なるほど。そこを評価しているのか。

大丈夫だ。俺には理性がある。

仕事仲間のベルーガを襲ったりしないから、安心してくれ！

「この女とそなたの寝床は別だろうな？　シールド！」

「もちろん！」

だから俺はそこまでスケベではない！

「なんなのよ!?　このダンジョンは!?」
村から魔法で移動した先は、ダンジョンだった。

久々に移動魔法なんて使うから、どう間違えたのかダンジョン最奥に飛んでしまったオリヴィエ。山とダンジョンで迷ったら、上を目指せという先人からの教え通り上を目指す。

手ごわい魔物を倒して地上に上がろうとする途中、変わった冒険者っぽい一団と遭遇する。冒険者ではなく、ぽいと感じたのは、彼らが冒険者と違い素材を回収していなかったからだ。資料を広げ、調査し、記録していた。何はともあれ、助かったと思った。

「すみません！　良ければ道を教えていただけませんでしょうか！」

駆け寄るオリヴィエだったが、一番前にいた顔の白い男が片手を向けてきて、警告する。

「止まれ。何者だ」

「ああ、ただの旅の者です。少し道が分からなくてですね、地図などあれば分けて欲しいなと」

少しどころではない迷子だが、オブラートに包んでおいた。

「こんな難関ダンジョンの深部まで来て迷うやつなんていない」

もっともな指摘に、オリヴィエは何も言い返せない。

「えーと、でも……」

もじもじとしていると、その一団のさらなる特徴に気付いた。あまりにも魔力が高すぎる。そう、人間のそれとは比べ物にならない程。一人人間っぽいのがいるが、頭を丸めてしょんぼりしていた。ダンジョンでしょんぼりしている人間を初めてみたかもしれない。普通は警戒しているか、休んでいるかだ。

「もしかして、魔族？　なんでこんなとこに、こんなに大勢」

「ふん、疑問が尽きないのはこちらも同じ」

魔族がこれだけ……。ミライエが危ないかもしれない。シールドに危機が迫っている可能性もある。それならば、自分がなんとかしなければ。

「好きにはさせない（シールドの為に！）」

「危険分子は排除する（シールド様の為に！）」

オリヴィエとアザゼル率いる魔族の一団の戦闘が始まった。

「腐敗の魔法」

「中和の魔法」

種族を代表する二人の天才がぶつかり合う。高難易度ダンジョンに住む凶悪な魔物もドン引きする歴史的な戦闘が始まった。

激しい戦いだったが、多勢に無勢。だんだんと不利になったオリヴィエは、唯一魔力の低かった坊主頭の男を魔法で吹き飛ばし、崩れた陣形からなんとか戦闘離脱に成功する。

「あの魔法、やばすぎる……。見間違いじゃなければ、ゲーマグもいなかった？　それとも、幻覚魔法も食らったかしら？」

頭である魔族の男が使った魔法が、肌を焼いていた。

最高位の回復魔法で何とか治療が間に合っているが、まともに食らえば危なかった一撃だ。

長期間の休養を必要としていたかもしれない。他の魔族たちもやばすぎる。まったく隙のない、猛者ばかりだった。

全力で戦えば何とかなる可能性もあるが、リスクが大きすぎる。

「もう！　シールドに会いに来ただけなのに、なんでこんなことになるのよ！」

オリヴィエはまだシールドと会えない。

それどころか、アザゼルたちと死闘を繰り広げていた。

良い香りがした。女性特有のあまい香りだ。

「ん!?」

「やあ、婿殿」

ベッドの中にはなぜかメレルがいた。自分のいる場所を確認するが、間違いなく俺の寝室だった。

なぜここにメレルが!?

「な、なにをしている」

「夜這い？　かな」

男がするものではないのか?!　それは！　強い者が正義のイリアスでは違うのかもしれない。いや、そんな常識はどうでもいい。今は眼前に迫る、強烈な女性の誘惑に抵抗しなくては。本当にメレルの思うままの展開になりそうだ。

「私は、魅力的ではないか？」

そんなわけはなかった。薄い肌着一枚の上半身は胸がすけて見え、その柔らかそうな肌が見えている。下半身は下着一枚で、露出の多いタイプだった。彼女が少し体を動かすごとに、引き締まったお尻がちらちらと見える。上に下にと、どちらに視線をやればいいのか、てんやわんやだ。

慌てていると、彼女がその長い脚を俺の脚に絡めて来た。肌がすべすべしている。脳内で何かがパン！　と弾けた。パンパンパン！　気付けば、本能的な衝動でこちらの脚も勝手に絡まっていく。頭とかいろんなところが熱くなる。具体的には省略！

「なんだ、婿殿。積極的ではないか」

楽しそうに微笑みを見せ、頬を赤く染めるメレル。その表情はとても女を感じさせるもので、俺はもう暴発しそうである。

「このまま抱いてくれても良いんだぞ」

耳元で囁かれた。一瞬、頭が真っ白になった。人生で初めてだったかもしれない。理性で体を制御できる気がしなかったのは。

女性特有の甘い香りが俺の鼻腔をより一層刺激する。気付けば、彼女の胸に手が伸びていた。神の導きがあったのかというくらい、スムーズな動きだった。

「あ」

「離すことはない」

俺の手の上から被せるように、メレルが自分の手を重ねる。簡単に言って、大きくて柔らかかったです。最高です。史上最高です。

どう頑張っても手が離れない。それどころか指が自然に動いてしまって、無意識のうちに彼女の胸を揉んでいた。

「……っ」

次第に理性が消えていくが、もう自分を制御するのが難しくなってきていた。俺氏、もう止まれません。こんなの、止まれるわけがない。これが女という生物の強みなのか！

「メレル……」

「シールド。さあ」

彼女の綺麗な顔が近くに見える。鼻息まで感じる距離まで。唇がくっつきそうになったその瞬間、バカげた音量のくしゃみが聞こえた。

人とは思えない大きな音のくしゃみだった。

「おーさぶ。遅くまで飲みすぎたわい」

……フェイだった。屋敷の外から聞こえるくらい一人で騒いでいる。

なんか、高ぶっていた気持ちがスーと冷めていく。理性君、お帰りなさい。

「おっと！　俺としたことが」

胸から急いで手を離した。惜しい！　非常に惜しいが、俺もメレルも立場ある人だ。これは大きな問題になるぞ。

「そんなぁ！　あんのドラゴンめ！」

メレルは強烈に怒っていた。フェイに。怒りの矛先が俺ではなくてよかった。

もう一度脚を絡めたい気持ちもあるし、彼女の胸は一生揉んでいたいし、尻ももっと見たい！

そんな正直な気持ちはあるものの、理性が働いているうちに目を瞑って寝ることにした。それにしても、こんな素敵な夜を届けてくれたバリア魔法には感謝だ。バリア魔法よ、永遠なれ。こんなにもバリア魔法に感謝したのはいつ以来だろう。けれど、悶々とする。物凄く悶々と……。

勝負に負け、試合にも負けた。そんな気持ちになる夜だった。

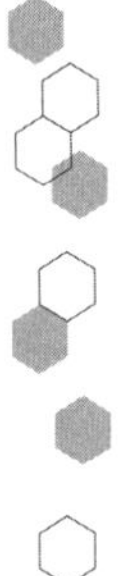

夜中にメレルがベッドに忍び込んできたとき、俺は心底驚いた。

けれど、日は昇る。誰にも平等に。

本当に添い寝だけだったので良かったけど、良い匂いがして、女性が間近にいる状況に落ち着けるはずもなかった。

「なんだ花婿殿。まともに眠れなかったみたいだな」

からかうようにメレルが言う。

「当たり前だ！」

途中、柔らかいものがあたったり、あたらなかったりして、睡眠どころじゃない。

初めて自分の理性より野性的な部分が勝ちそうな夜だった。でも、一度、好き放題触らせてもらったのは感謝している。本当にありがとうございます！

「使者なら、使者らしい態度を頼む」

「それは建前だ。本当は花婿に会いに来ただけ。一緒に寝るくらい、許してくれ。なっ？」

ウインクが飛んできた。

やめてくれ。本気にする人ですよ、俺は。

それにやはり建前だったか。

侍女の持ってきた紅茶を嗜みながら、優雅に朝日を浴びるメレルは芸術品のように美しい横顔を見せる。

時折頭の猫耳がピクピクッと日差しに反応するのが可愛らしい。ちょっと触りたいかも。

「一緒に食事を摂ろう。仕事の話もそろそろしておきたい」

「野暮だな。女王に頼まれた件など私たちの朝食の席に似つかわしくない。それより将来設計の話を」

「却下！」

身支度を整えて、俺たちは食堂へと向かった。

我が屋敷のコックは今日も優秀だ。侍女も丁寧な仕事を心がけてくれており、毎朝気分が良い。

「結構おいしいから、メレルの口にもあうと思うぞ」

「うむ、漂ってくる良い薫りで料理人の腕がうかがい知れるな」

紅茶を飲む仕草から分かってはいたが、メレルは食事のマナーも非常に良い。俺なんかとは比べ物にならない優雅さが体の芯からにじみ出ている。

「なんだ？　そんなに私が魅力的か？」

気付かないうちに見つめていたようだ。

「いや、綺麗な所作だなと思って」

素直に褒めておこう。恥じらう部分でもない。

「これでも名門の出でな。幼少期より母にマナーを、父に剣の道を厳しく叩き込まれたものだ」

獣人の国イリアスについて俺はあまり詳しく知らないが、メレルがそういう家柄の出身だというのはイメージ通りだ。

なんだかもっと知りたいような、踏み込んだら引き返せないような。

葛藤が俺の中で渦巻いている。

「私が歴代最高の剣士にまで上り詰めたものだから、結婚相手も自分で決めることにした」

名門の家柄なら、いろいろとトラブルも多そうだけど。

「そんなこと勝手に決めて大丈夫なのか？」

「我が家は強さこそ権威。父を超えた私に意見できる者はいない。たまに祖母がグチグチいうくらいだな。結婚の話もされるが、悪いが私より弱い男に興味はない」

言い切った。

かっこいいと思ったのは、秘密にしておこう。調子に乗りそうだから。

俺もこんな堂々と生きたら、もう少し領主っぽくなるのかな？

バリア魔法しか使えてこなかったから、格好良さというものと縁遠い人生を送ってきた。

これからは、俺ももっと自分の力に自信をもっていかなくちゃ。メレルからはそういうった強い気持ちを貰えた。

「身の上話を聞けて嬉しいよ。でもそろそろ女王からの話も聞いてみたい。無粋だと言われたが、単純に気になる話でもある」

「よろしい。では、そちらも話すとしよう」

女王からの手紙は既に開封していたが、あいさつ程度のモノだった。

委細はメレルに託しているらしく、直接聞いた方がその場での交渉にも応用が利くとの判断だろう。

「イリアスが危うい。結論から言ってしまえば、それだろうな」

メレルが女王から託された話は、イリアスが今すぐにやばいという話ではなかった。

今後の未来を鑑みるに、大陸の覇権はこの東の地、ミライエに偏るだろうとみているらしい。

それはやはり俺の聖なるバリアがあるからにほかならない。

ウライ国とミナントは俺の自治領と接していることもあり、今後ずっと恩恵を受けられる。今もその傾向が見えるんだとか。

しかし、北に位置するイリアスはその恩恵を受けられない。

それどころか、人が東に傾けば傾くほど、イリアスは深刻なダメージを負いかねない。

その深刻度は西のヘレナ国とは比べものにならない程小さいだろうが、冬の時代が訪れる前になんとか対応しておきたいらしい。

「なるほど、大げさな気もするが理解した」

「そうか？　私も女王と同感だ。決して大げさな話ではないと思っている」

そこまで評価してもらえるのは嬉しい限りだ。

自治領は目覚ましく発展しているが、周辺諸国からしたら困った事態も発生するようだ。

「ミナントから良い条件を貰ったと聞いてるが」

俺がミライエの自治領主になる際に、ウライ国とイリアスには相応の対価が支払われているはず。

「あれは大きな収穫だった。イリアスに凍らない港が手に入ったのは非常に大きい。10年は我が国の方が、益が大きいだろうな。しかし、女王はその先を見据えている」

壮大な展望だ。

そういえば、獣人も人間より寿命が少し長いんだったかな？

我々人間よりも長い目で考え、未来を見据えるのは当然かもしれない。

「分かった。それで、俺に要求するものとは？」

ようやく本題に入る。

結局、何かを欲しているんだろう。

しかし、バリアは難しい。

あれは他国とのバランスを崩すものだ。

俺も今となっては、日々の目まぐるしい変化によってその影響力の大きさを理解している。

メレルや、イリアスの女王の頼みでも、おいそれと聞くわけにはいかない。

それはミナントやウライ国への裏切りにもなるからだ。バランスを望んだ、先の契約が台無しになる。

「ふふっ、それが今回の私の旅行と結びつく。女王はお望みだ！　そなたの子を！」

「ぬぅん!?」

変な声が漏れてしまった。

またそっち!?

獣人の国、イリアスの女王まで俺を狙っていたのか。勘弁してくれ、モテなかった男が急にモテだすと、どうしていいか分からなくなるんだ。

「勘違いするな。女王は御年60を超える方だ。既にシールドを口説き落とせるような美貌は持ち合わせてはいない」

「自国の女王にそんなこと言っていいのか……？」

「よい、あのババアは実際かなり不細工だ」

またも言い切った！

恐ろしいことを聞いてしまってハラハラするけど、俺はこういうはっきり言う人が実は好きだったりする。

顔には出さないが、心の中ではほくそ笑む。

なんだか、とても痛快だ。

「そなたの子を望むとは、その言葉のまま捉えてもらっていい」

「将来、俺に子供が出来たら、その子を獣人の国イリアスに預けろと？」

「その通り。その子が人間との子ならば、公爵の地位を与えると約束する。更に、その子が獣人との間の子なら、国王の座を渡すと約束する」

「はい!?」

あまりの突飛な話に、目を見開いた。

流石にそれはありえなくないか？

「待て、待て。俺に将来子供ができるとして、そいつが無能だったらどうする。それでも公爵の地位を！　国王の地位をくれると言うのか!?」

「もちろんだ」

馬鹿な。

俺ほどのバリア魔法が使えるとしたら、理解できる。

俺が死んだあと、受け継がれた力で大陸の覇権は時間をかけてイリアスに移っていくだろう。

しかし、無能でもいいだと？

「あっ……」

なるほど。やはり女王は政治上手だ。

「俺が人情で、イリアスにバリアを張ると。流石に子供の住む国だ。何か便宜を図ることを想定しているのか」

「その通り。よく理解しているじゃないか」

うーむ、人の心をよく理解しておられる。

悪い話じゃないよな。

むしろ、最高レベルにうまい話だ。

将来の子供のことなんて知ったこっちゃないと言いたいが、それは情がなさすぎる。１００年後はフェイの支配する国だと考えるなら、半世紀でも幸せな人生を送らせてあげてもいいかもしれない。

それにしても、生まれながらにして公爵か国王になることを約束されてるだと!?　どんな強運の持ち主だ。

「どうだ？　悪い話じゃないだろう？　さあ、私を抱け、シールド。我らの子供が無能になるはずがないし、私がとことん鍛え上げる。そしてその子は将来の王だ！」

「……凄い話だ」

女王も、メレルも凄く頭の良い人に見えてくる。

俺はバリア魔法という最強の一手を持っているが、政治の上ではみんなの手のひらでコロコロ転がされている感じがする。

「……考えてみる。良い話だとは思っているけど、簡単には返答できない」

規模の大きすぎる話に、まだ頭の整理が追いついていない。

「それでよい。どうせ、いずれ私の魅力に耐え切れず抱きたくなる。その時に話をまとめればいいさ」

「ぐっ」

そ、そんなに簡単に行くと思ったら大間違いなんだからね！

ちょっとだけ、ツンツンしてみた。

俺とメレルの食事が終わった頃、ちょうどベルーガが入ってきた。

「またも美しい女性の来客です。ヘレナ国の使者ですので、まだ殺してはおりません。指示があり次第殺します」

口元を拭い、俺はベルーガを見据えた。

「どいつもこいつも予約なしで来やがって」

殺してはおりません。その言葉の意味は、相手に悪意があるということだ。

どうやら、新しい来客はベルーガの悪意フィルターに引っかかったらしい。

「メレル、すまない。先に面倒くさいほうを片付けてくる」

「私もイリアスの使者として同席しよう」

「なぜ？」

「面白そうだからだ！」

あっ、そう……。

許可しておいた。面白そうだから。

久々に見たエレインはやはり美しかった。

サファイアに喩えられるその青い瞳と同じく繊細な青い髪は、彼女のクールさと相まって、冷たくとも落ち着いた癒しを与えてくれる。

少し困った顔でこちらを見つめる彼女は、一体何をしにこの地まで来たのだろうか？

悪意があることは既に判明している。

しかし、どういう目的かははっきりさせておきたい。

使者として来ているので、無下にはできないだろう。

しかし、これまでに宮廷魔法師の襲撃を2度も受けている。ヘレナ国とは既に友好関係など築きようもない。俺を追放した国でもある。

「私を退屈させるなよ、ヘレナ国の色女。せいぜい盛大に踊って見せよ」

このように、同席したメレルという観客もいる。いきなり挑発的なのがなんかいい！

彼女を退屈させないためにも、ここは真面目に話し合おう。

思わぬ収穫があるかもしれないことだし。

「お久しぶりです、シールド。この方は？　できれば、二人で話したいのだけど」

「久しぶり、エレイン。この方はイリアスの使者だ。ちょうど自治領とイリアスのことについて話し合っていた。悪いが、彼女も同席させてもらうぞ」

「そんな……」

少し落ち込んだ表情を見せる。

そういえば、一緒にいた頃もよくこの表情をされた。

困った彼女の表情は、自然と男心をくすぐる。これを見せられると、なんでも譲歩してしまいそうになる。

「悪いが、こちらが先客だ」

「そちらの話が終わってからでもいいの。二人で話が出来れば、明日でも明後日でも」

「それも申し訳ないが、断る。この後も予定が詰まっているんだ。なにせ、俺も今や自治領主。君がかつて揶揄したただのバリア魔法使いではなくなっている」

もちろん予定はない！

あるにはあるけど、急ぎの用件はない！

単純な嫌がらせだ。踊るならこの場で頼むというメレルの言葉もある。盛大に踊ってくれ、道化よ。

「そんな。私はそんなことなど言っておりません！」

言ったような、言わなかったような。まあいい、言ったことにしよう。

「とにかく、その条件が飲めなければ、お帰りいただくだけだ」

悪いが、これが最大限の譲歩である。

ヘレナ国が俺にした仕打ちを考えると、かなりいい条件ではなかろうか？

お前に選択権はないエレイン。

「……分かりました。では、皆さまの前で誠心誠意お話しさせていただきます」

「誠心誠意か。面白い」

「ふむ、私も聞きたい」

同席しているベルーガとメレルが同じタイミングで口を挟んできた。

口を挟むメレルとベルーガの言動は褒められたものではないが、もしかしてこの二人、楽しんでいないか？

メレルはいつも通り強くもあり、余裕のある表情だ。

ベルーガは何を考えているか分からないが、真っ直ぐエレインを見つめていた。

あのベルーガがふざけるのか？　楽しむ？　この場を？

少し違和感があるが、悪意があることを知って尚、誠心誠意の言葉を聞きたいって、楽しんでいる以外にあり得るのか？

……横目で、少しベルーガを観察しながら話を聞いてみた。

やはり、少し表情が緩い気がする。

長く一緒にいるだけあって、なんだか彼女の些細な変化に気付けた。あれは楽しんでいます、高確率で。

「一体どこから話したらいいのでしょう？」

エレインの劇場が幕を開けた。さて、俺も楽しませてもらおう。

「さあな。俺も尋ねてみたいものだ」

一度間を置き、少し目を潤ませてエレインが俺に一歩近づいてくる。

「あなたが国家転覆を狙っていたとき、私も一緒について行くべきでした。犯した罪の大きさに恐れをなして、あなたのもとから逃げたことをお許しください」

女性の涙と言うのは恐ろしいものだ。

その可憐な様子に、俺は会話の内容を一瞬聞きそびれてしまった。それだけ視覚からのインパクトが強い。

「俺はそんな計画を立てていない。そもそも国にバリアを張った俺がどうしてそんなことをする」

「けれど、騎士団長に頼まれてあなたの部屋を探したら、確かに計画書があったんです」

「それを仕組んだのが、エレインだと思っていた」

「違います！」

大粒の涙を流して、エレインが更に距離を詰めてきた。

うっ、近い。

その潤んだ瞳が、俺の目とあう。見上げてくるその目は、俺を吸い込んでしまいそうな引力を持っているように錯覚させられる。人を惹きつける目だ。

「発見したのは私です。けれど、今思えば計画書を見つけることまで全て騎士団長の思惑だったのでしょう！　なんであの時気付かなかったのでしょうか」

「……ま、まじでか。そういうこと!?」

「そんなわけないでしょう……」

ベルーガからのツッコミが入った。え、嘘なの？

女の涙は恐ろしい、一瞬信じかけてしまったぞ。

ツッコミがなければ、泣き落としにあっていたところだ。

「だから二人でお話ししたかったのです。変な先入観をもたれる心配があったから。私を信じて欲しいのに」

ウルウルした瞳が俺の心を惑わす。

やっぱり本当じゃ？

ベルーガを見ると首を振っていた。

メレルを見ると、同じく首を振っていた。

また騙されるところだった!!

二人が同席してくれたことに心から感謝する。

「私は何もしておりません！　本当なんです。すべての黒幕は、騎士団長カラサリスなのです！」

うわあああああと声をあげて、大泣きしだしたエレイン。

「私はただ、幸せに生きたかっただけなの。……どうしてこんな目に。私は何も知らないのに」

「そうなのか。いくつか聞いてみたいんだが、この件は騎士団長が黒幕なのか？　他に関わっている人物は？　国王とか」

「私が知る限り、全てカラサリスの計画です。国に帰りましたら、一緒に告発いたしましょう。シールド、他の誰も信じないで。私の手を取って二人でともに国へ」

差し伸べられた手には、純白の手袋が身に着けられていた。

時が止まったように、その白手袋を見つめた。

なんだか、妙に気になった。

一緒にいた頃、エレインが白手袋を身に着けているのを見たことがなかった。

他の令嬢は身に着けていたのに、彼女は手を出すのが好きだとか、そんな会話をしたことがある気がする。

そういえば、彼女を護衛してきたであろう騎士団の鎧はかなり汚れていた。

疲労の色も濃い。

外の馬車をみても、やはりここに至るまでの旅は苦労が多かったのだろう。かなり傷んでいた。

俺とフェイでさえ苦労した道のりだ。まあ、あれは主に食費で苦労したんだけど。

そんな中で、一人だけ疲労の見えない人が、エレインだ。

ドレスも、手袋も汚れ一つない。彼女だけが、長旅の直後だと感じ取れない。

「もしかして、ずっと馬車の中にいた？」

「ん？　どうしたのです？　急に」

エレインが少し動揺した様子を見せ尋ねてくる。

先日聞いていた話が頭の中でパズルのように組み合わさっていく。

実は、アカネのやつから興味深い話を聞いていた。

アカネは基本的に馬鹿なキッズなので、宮廷魔法師の自覚などない。

金を積まれて頼まれれば、どんな仕事もこなすやつだ。

子供故に、善悪の判断が付いていない。いや、あいつの場合、人生の全てを楽しんでいるだけにも思えるけど……。

まあ、それはいい。

とにかく、アカネは結構騎士団にもこき使われていた。

事あるごとにカラサリスにも仕事を頼まれており、以前から空間魔法の件で相談を受けていたらしい。

何に使うかは知らなかったらしいけど、アカネは構築した魔法理論をカラサリスに渡したと言っていた。

その経験もあって、ガブリエル専門の魔法だと思われた魔法を使い、屋敷に潜入している。

移動魔法は数多くあれど、空間をスキップして移動できる魔法はあの二人しか使えない。

他の移動魔法は、そんなに便利なものじゃない。高速で移動するか、消えたように見せかけるかの二択だ。

直感だが、今差し出された白手袋から、その違和感を感じ取った。

ただの白手袋であるはずがない。

周りに控える騎士たちと、あまりにも違いがありすぎる。

「……アカネが残した知識で、空間魔法を完成させていたのか。直接は使えずとも、魔道具として、条件付きのアイテムに仕上がっていたりするのか？」

ヘレナ国宮廷魔法師以外にも、有能な連中は多くいる。

基礎となる理論があれば、あの大国なら作り上げてしまいかねない。

「っ⁉」

エレインの目が見開かれた。

隠し切れない動揺。

奇跡的な閃きだったが、図星だったか。

「シールド様、どういうことですか？」

異変を感じ取ったのか、ベルーガが魔法で水の剣を作り上げた。すぐさま動ける有能な部下だ。

俺が手で制す。

「おそらくだが、エレインの手袋に触れなければ済む話だ。しかし、用心に越したことはない。警戒を怠るな」

あくまで憶測だが、あれに触れたらヘレナ国への強制ワープが考えられる。

考えたな、エレイン。泣き落としで来たと思ったが、ちゃんとした作戦を持っているじゃないか。

「ち、違うの！」

「では、手袋を床に」

ベルーガの言葉を無視して、エレインは両手を胸の前にあてて、手袋を庇った。

「終わりだな。シールド様、これ以上の会談は無意味かと」

「……」

エレインの無言は、そういう意味なのだろう。ならば、決着はついたな。

俺が一歩歩み寄る。それにあわせて、エレインが後退る。

このとき、俺は少し油断していた。もう決着がついたと勘違いしていた。

思い返せば、彼女はそんなに脇の甘い女性ではなかった。狡猾で、強か。彼女の本質はそちらだ。

あきらめたかと思われた彼女がイヤリングを外し、俺に投げつける。魔力のこもった宝石で作られたもので、俺の目元で魔力爆発を起こして光った。視界が一瞬白くなり、何も見えない。

「なんでっ!?」

次の瞬間、視界がクリアになっていき、エレインが驚きの表情で俺を見つめていたのが見えた。伸ばした手が、俺に届いていない。白い手袋が俺の前で止まっている。

「悪いな」

バリア魔法を張って、二人の間を遮ったんだ。なんてことはない、俺はバリア魔法使いだ。当然の一手だろう？　最後まであがいたのは感心したが、これでおしまいだ。

お別れのバリア魔法。エレイン、このバリア魔法は、お前との永遠の別れを意味する。

「エレイン様。後は我々にお任せを。シールドがここまで近くにいるなら、我らでどうにかなります」

護衛の騎士が４人、一斉に剣を抜いた。

愚か者め。

剣を所持することを許したのも、この場にいることを許したのも、別に油断したわけじゃない。

お前たちなど、恐れるに足りないからだ。

せめて、自らの剣の威力の弱さを知りながら、死んでいくがいい。

俺のバリアで全てを防ぎ、撥ね返してやろう。

戦いの幕が切って落とされるかと思った瞬間、一人の女性が盛大に笑い出した。

顔を天井に向けて、メレルが大笑いしていた。

「結構。寸劇、楽しませてもらったぞ」

十八話――バリア魔法の出番なし

盛大に笑って、メレルが立ち上がった。

好戦的なその表情で、エレインに視線を向ける。

「ただのバカな女じゃなくてよかった。私はむしろ感心したぞ」

白手袋の秘策を、メレルはむしろ褒めたたえていた。

他人事だからって大笑いしやがって。

こっちは危うく連れ去られるところだったぞ。

飛んだ先がどこか分からない。地下深くの牢獄だってあり得る。

そんな場所に飛ばされれば、俺のバリア魔法ではどうしようもなくなるところだった。

汚いところだったりしたら、もっと悪い！　不潔最低！

「その手袋は自分で考えた策だったのか？」

「……何のことかしら？」

この期に及んで、エレインは白を切る。

剣を抜き放った騎士たちだったが、立ち上がったメレルの圧に動けないでいた。

メレルは剣すら抜いていないが、その覇気と上背だけで騎士たちに踏み込ませないオーラを放っている。

自然と格の違いを感じてしまっているんだろうな。

「まあいい。誰が考えたにしろ、実演までの過程は完璧だった。シールドが気付かねば、まんまと連れていかれていただろうな」

「……シールド様。罰はどのようにでも。敵の弱さ故に油断しておりました」

苦々しい表情で、ベルーガが謝罪をする。

罰を求めるように言ってきているが、それはない。

むしろ褒美が足りないくらい、普段からよく働いてもらっている。

俺がフォローしようとしたが、その必要はなさそうだ。

「落ち込むな。魔族の美女よ。この女は私たちが思っている以上に曲者だ。一杯食わされそうになったとて、恥じることではない。むしろ、最後の最後で見抜いたそなたの主を褒めてやれ」

「それもそうですね。流石シールド様。その慧眼（けいがん）、誠に感服いたします」

「恥ずかしいから後にしてくれ」

敵は剣を抜き放って、殺意を向けてきてるんだ。

そんな場面で褒められると、状況とマッチしてなさ過ぎて、なんだか気恥ずかしい。

「しかし、最後の詰めが甘いと言うか、見通し自体が甘いのかな？　ヘレナ国がなぜシールドを追放したのかが、この場の空気感で分かってしまう」

メレルが腕を組んで、騎士たちを値踏みしていく。

「お前はダメ、うーん微妙、ダメダメ、ちょっといいかもな」

採点するように一人一人に評価を与えた。

「よくもこのメンバーで。お前たち、本当にここまでくればシールドを連れ帰れるとでも？」

「……イリアスの戦士よ、そなたには関係のないことだ。手出ししなければ、我々は目的を果たして国に帰るだけ。後日礼もしよう」

騎士の代表者が早口に条件を述べた。

しかし、これが却ってメレルの笑いを誘う。

ひとしきり笑ったあと、メレルが呆れたように話し始める。

「だから、それが違うんだって。あれは私の将来の花婿だから、当然守るし、魔族の女も主に手を出させるようなことはしないだろう。ただし！」

その声だけで騎士が一人剣を落とした。

大丈夫かよ、というらぬ心配をこちらがしてしまうくらい腰が引けている。

「別に守らなかったところで、そなたらじゃ一生かかってもシールドに傷一つ付けられんよ。そして、性悪女」

今度はエレインに視線を向けた。

エレインは気丈に振る舞っているが、やはりメレルの覇気の前には少しひるんでしまっている。

「お前も甘い。その転移魔道具が発動したところで、この男をどうにかすることはできない。飛ばされたところで監禁が唯一心配だが、お前たちのその様子だと武力でこの男をどうにかできると考えていそうで哀れだ」

評価の違いがやはり明確に分かる。

ヘレナ国ではこの騎士たちのように、俺の能力は大したものではないと思われていた。

しかし、メレルはそう思っていないし、魔族たちも同様にそう思っていないだろう。

俺への好意的な気持ちも伝わってくる。

どちらが俺にとっての真の仲間かは、考えずとも分かってしまう。

「武力では到底敵わないし、幽閉したところでどこにいようとも私が助け出す。それこそ、戦争の始まりだ」

誰かが唾を飲み込む音がした。

それだけ今の言葉に重みがあり、彼らの沈黙を招いていた。

「ふっ。こんな男に何ができるって言うのよ」

沈黙を破って、エレインが言葉を発した。

猫を被るのはおわりらしい。そこには、俺を追放した日のエレインがいた。

「本性現したな。不思議なものだ。私はそちらのお前のほうが良いと思うぞ」

褒められたエレインだが、当然嬉しそうではない。

自分の裏の顔を見られて喜ぶ人間などいないからだ。

「全てあんたが悪いのよ。あんなバリアがなければ、私の人生が狂うこともなかったのに！」

「哀れだな。残念だが、あのバリアで救われる者の方が遥かに多い。せいぜい自分の悲劇を嘆くんだな。この尻軽！」

「尻軽!?　……わ、私のことかしら？　ゴリラ女さん」

あれ？

なんか二人の間に火花がバチバチと散っている。

男が立ちいってはいけないようなバトルだ。

なんか新しい戦闘が始まってしまった。

「いくらでも罵るがよい。お前程度の小物の言葉など、私には何も響かない。しかし、私の花婿をたぶらかしたこと、後悔させるために骨身に沁みる説教をしてやらんとな」

「ちっ近づかないで」

メレルが歩み寄ろうとすると、白手袋を向けてけん制した。

確定だ。

やはりあの手袋には仕掛けがあったか。

仕掛けが分かった今、エレインの腕力で俺達３人に触れることは敵わない。

大人しく拘束されるか、手袋を素直に渡すかの二択だ。

騎士がメレルの前に立ちはだかった。

やることはやるらしい。仕事を放棄してエレインすら見捨てるようじゃ、この地にて滅んでもらう予定だった。

「ヘレナ国の使者が、ミライエ自治領主を会談の場で襲った。証拠の手袋を渡さない限り、女王にはそのように報告しておく」

今日起きたことが外部に漏れれば、ヘレナ国の信頼に関わる。

ウライ国とイリアス、当然ミライエとの関係にも響くだろう。

それでも騎士たちは引き下がらない。

やはり何よりも俺を攫うのが優先されるらしい。

「ここまで来たからにはやるほかない。どうせシールドさえ連れ戻せれば、聖なるバリアを張らせることが出来る。その後に、どうにでもなるだろう」

覚悟は決まったらしい。

いよいよ、戦闘は避けて通れないみたいだ。

「イリアスの女は俺が止める。お前たちでシールドを――？」

言い終わるか終わらないか、それくらいギリギリのところで騎士の一人が屋敷の壁を突き抜けて外へと飛んでいった。

メレルが振り払うように横に殴りつけた拳に気付いてすらいなかった。

ていうか、また俺の屋敷があああ！

また壁！　穴！　貫通！　単語しか出てこない！

「誰が誰を止めるって？」

先ほど剣を落とした騎士が、またも剣を落とした。

今度はへなへなと座り込み、腰が抜けてしまったらしい。

「せめてもう少しまともな連中を寄こせ。あまりにつまらん」

そして事態は彼らにとって、更に悪くなる。

壁の穴から姿を見せたのは、羽ばたくアザゼルだった。

どうやらちょうどダンジョンから戻ったタイミングらしい。

わらわらと魔族が集まる。

騒ぎをかぎつけたキッズ二人も覗きに来ていた。

「……情報を引き出した方がいいですか？　それともすぐに消しますか？」

アザゼルの言葉からは、一瞬で彼らを敵だと判断していることが分かった。

いや、敵というのは違うかもしれない。

害虫とかを見るような目つきだ。

戦うという概念すらないのかもしれない。それほどまでに力の差がありすぎるのが現状だ。

「情報を引き出してくれ」

腐敗の魔法で剣と鎧を溶かされて、騎士たちが連行されていく。

「ゲーマグコースです」

ゲーマグコースってなに!?

気になるが、聞かないでおいた。

「そっちの女は私が引き取る。いいな？　シールド」

メレルとアザゼルが同時に俺を見てきた。

アザゼルに頷いておいた。騎士だけを連行させる。

「そっちは好きにしろ。もう情もない、かつての知り合いだ」

「そうか、では私が分からせるとしよう」

「うそ、よね？」

後ずさるエレインは、足を引っかけてお尻から派手に転げた。メレルが近づいて、軽々と抱き上げる。

家畜を抱えるように肩に担いでいき、メレルとエレインも出て行った。

「一気に静かになりましたね」

「そうだな」

部屋に残ったのは俺とベルーガだけ。メレルに投げ捨てられた例の白手袋が床に落ちている。

さきほどまでの騒がしさが嘘のように静かで穏やかだ。

「穴はダイゴに塞がせます。お疲れでしょう？　お茶をお入れします。菓子はバウムクーヘンでよろしいですか？」

「半分に切って持ってきてくれ」

「かしこまりました」

お茶とデザートを楽しめる平和な日常が戻ってきた。

「メレル様、イリアスに私もお連れ下さい！」

朝方、メレルの脚にしがみつくエレインの姿を見てしまった。

……わ、わ、わからされていい、いる!!

メレル様にわからされてしまってる！

あっちは一晩で何かあったようだ。

そして騎士たちも、アザゼルにわからされた後のようで、4人とも国に帰してもらえるらしい。

やっぱりこちらもわからされてた！

「あれらはもうこちらの手の者です。好きなようにお使いください」

「あいつらを通して、情報が筒抜けってことか？」

「ええ、白手袋の入手も完了しております。ダイゴに似たものを作らせ、連絡アイテムにします」

抜かりない！　手の込みように驚きだ。敵を手の内に収め、敵の道具まで改良して自陣営のものにしてしまうとは。

魔族の戦略の深さには感服する。

「これでヘレナ国は我らが手中に収めたも同じ」

ベルーガが真面目な顔で言うと、冗談じゃなく聞こえるな。いや、冗談ではないけど。

騎士たちを帰らせるのは決定だが、エレインはどうしようか。

イリアスに行きたいと言ってるが、そういう訳にはいかないよな。

「メレル、エレインもヘレナ国に帰すが問題ないか？」

「ああ、私は構わない」

メレルは構わないらしいが、当のエレインが帰りたがっていない。

本当に一晩で何があったんだ……。

エレインと騎士は既にこちらの手の内だ。

真相をばらしてもらい、ヘレナ国王に後はまかせるとしよう。

騎士団長カラサリスの処遇がどうなろうと、今更俺があの地に戻ることはない。

ここでの生活は気に入っている。

魔族とフェイとの生活は、実は結構楽しいのだ。

毎日新しい価値観と触れあえるし、イベントに事欠かない。

ここではかつての生活になかった、生きがいを感じている。

「うぃー、ひさびさに戻ったぞ」

ほうら。問題児が帰ってきた。

見た目こそか弱い少女だが、お腹を押さえて戻ってきたフェイはどれだけの飯と酒をその腹に収めたのだろうか。

「お前何日出歩いてたんだ？　相手の懐事情も考えてやれ」

御用商人の座を狙っていた小太りの男が心配だ。

「大丈夫じゃ。手加減はしておいた。それにあの男、結構頭が切れるぞ。また顔を出すと思うから、その時は我も同席しよう。少しくらい肩を持ってやらにゃ、かわいそうじゃからな」

こいつにも罪悪感ってものがあって俺は安心だよ。

「そんなにたのしかったのか？」

数日も姿を見かけなかった。きっとこいつなりに楽しんでいたんだろうな。

「ああ悪くない数日じゃった。最後に万能な魔法使いとも飲めたし満足じゃ。あれも有能じゃな。また一緒に飲みたいものじゃ」

「ほう」

フェイが認める程の使い手か。

気になる。

この領地には数人、恐ろしい魔法使いがいると見える。たしか、女神とダンジョンの凄腕と、フェイに褒められた万能魔法使いか。いろいろいるな……。

「それとこれもお主に渡しておかねばな。力尽きたエルフが我に渡してきおったぞ」

「はい？」

エルフだと？

伝説的な存在だと思っていたエルフが、フェイに手紙を渡したのか。

フェイが気軽に渡してきた手紙は、長旅を経て傷んでいたが、必死に守ってきたのだろう。

開いてみると文字をしっかりと読み取ることが出来た。

「おいおい、まじかよ」

気軽に開いていい内容ではなかった。

また大きな事件が起きそうだ。

「何か面白いことでも書かれていたか？」

「ああ、また大仕事になりそうだ。アザゼルたちを集めて、話し合う必要がある。お前も聞くよな？　フェイ」

「もちろんだとも。お主が死ぬまでの間、暇つぶしは多い方がいいに決まっている」

大仕事だと言っているのに、こいつにとってはどんな荒波も日常と変わらないのだろうな。

こういうところに、こいつのでかさを感じてしまう。

ドラゴンとしての存在のでかさ、器のでかさを。

「息絶えたエルフは？」

「ああ、それか。息絶えたと思っておったが、一緒に飲んでいた魔法使いから見るとまだ蘇生の余地はあったらしい。宿に連れて行って、ゆっくり治療すると言っておったな」

「それ、結構重要な情報じゃないか？」

エルフの国からやってきた使者だ。

しかも手紙の内容からするに、かなりの大事。

息絶えていたら諦めるしかないが、まだ息があるなら本人から事情を聴いた方が良さそうな話だ。

「宿はどこだ？」

「知らん！」

……だよな。

「どんな女だ？」

「人間の顔など区別がつかんわ！　酒も飲んでたし！」

……全く！

「名前は聞いてないのか、名前は！」

「おり……オリーブ？　たしかそんな感じじゃ」

「オリーブか。よし、それで捜索を出しておこう。褒美に金でも包んでやれば、情報があつまるだろう」

これでエルフの居所が分かればいいけど、簡単に行くだろうか？

領内は意外と広いからな。

しかし、領主邸がある街に限定するなら、数日で見つかるような気もしている。

「あっ、オリーブではない。オンムーじゃ。捜し人と会えずに苦労していると嘆いておったな」

「オンムー……？」

めちゃくちゃ変わったけど！

まったく、どこまで信じていいものか。

念の為に両方の名前で捜索しておくか。かなり重要な話だし、俺直々に捜査に乗り出した方がいいかもしれない。

「ちょっと行ってくる」

フェイを残して俺は早速仕事に取り掛かることにした。


一人取り残されたフェイが、ゆったりと天井を見つめていた。

どこかスッキリしていなかったが、今ピンときた。

「オリーブでもない。オンムーでもなかった。オリヴィエじゃ。ああ、すっきりした」

今から伝えに行くかと一瞬だけ悩んだ。ほんの一瞬。

「まあええか」

フェイにとってはさほど重要なことではなかったみたいだ。

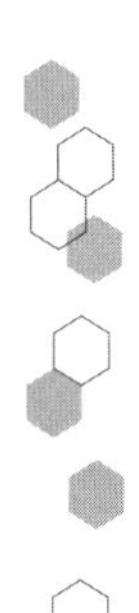

ヘレナ国王の前に跪いて、騎士団長カラサリスは断罪のときを待っていた。
国に戻ってきたエレインが突如として罪を認めたのだ。

シールド・レイアレスを追放したこと、カラサリスと二人で企てたこと、その後に刺客を放ったことまで、彼女の知ること全てを話した。

自身がどうなるかを考えていないその自暴自棄な行動に、カラサリスは頭を抱えた。

（ミライエで何があった!?）

同じくシールドに敵対していたはずの彼女が、帰って来てから人が変わったように素直だ。何もかも罪を白状し、王の前にて断罪を待っていた。

「エレインの申したことは誠か？　まさか、全権を任せていたお前に騙されるとはな」

カラサリスの後ろに近衛兵が控え、王の命令一つで拘束される空気感だった。

王の顔は疲弊してやせ細っている。

聖なるバリアが消えて以降、心労が祟って体調を崩していることは城では有名な話だった。

カラサリスも当然知っている。

「……追放したのは、本当です。しかし、シールドが国に害を及ぼそうとしていたのも事実。実際、聖なるバリアは壊れたではありませんか。あれは、シールドの当初の計画通りです」

3年で壊れることなど、国王も知らない情報だった。

なんとか逃げきろうと、カラサリスは藁にもすがる思いでシールドのバリアの唯一の欠陥にすがる。

「追放されたから壊したのではないか？」

「そんなことは……。しかし、シールドの裁量で壊せるのも事実。いずれこのような事態になるのは目に見えていたかと」

「事実が分からぬ以上、これ以上は推測の域を出んな。……エレインと騎士団長カラサリスを牢屋に閉じ込めておけ。二人の全ての権力を取り上げ、刑期も無期限とする。……わしはもう疲れた。誰を信じればいいかも分からぬ。しばし休む」

近衛兵に連れられて、エレインとカラサリスが連れていかれる。

騎士団長の任も同時に解かれた。

シールドが追放されて、宮廷魔法師を４人失い、騎士団長まで牢屋の中。

聖なるバリアは消え失せ、国王も政治を碌に行えず、国民の流出も止まる様子がない。

ヘレナ国は今、深刻な機能不全に陥っていた。

全ては、シールドを失ったあの日から始まる。

ことの顚末を見届けた間者が、文をしたため、完成した空間魔法の魔道具で手紙を送った。

送り先はミライエのアザゼル。

麻痺したヘレナ国の現状は、全てアザゼルへと、そしてシールドへと伝わることとなる。

『報告書
ヘレナ国の現状は悲惨の一言に尽きる。未だにシールド・レイアレス様追放で生じた問題の責任を貴族が押し付け合い、各機関で機能不全を起こしている。宮廷魔法師を４人同時期に失ったのも大きな影響を及ぼしている。彼らが担当していた仕事の代役がおらず、宮廷魔法師の威信がなくなるのと同時に国内の犯罪率も上がっている。国王は碌に政治を行わず、自室に引きこもっている。侍女たちの噂では、絵を描いているとのこと。精神が不安定で、何かしていないと落ち着かないのだとか。最後に、何よりバリア魔法がないのが深刻だ。技術者、知識人が国から流出している。バリア魔法で守られていない今のヘレナ国で安心して眠れないのだとか。私も同感です。大国の覇者であったヘレナ国が、聖なるバリアを失った瞬間、これです。シールド様のバリア魔法は、やはりもの凄いものですね。私は今、偉大なる国の崩壊の始まり、その歴史の第一歩を見ている。そんな気がしてなりません』

バリア魔法に引く幕はないが
幕間

有能すぎる部下たちの微笑ましい日常

アザゼルの執務室にやってきたベルーガは、右手を後ろに回して、そっと扉の鍵を閉めた。確かに二人きりであることを何度も確認して、ベルーガは密室でアザゼルと向き合う。

真剣な面持ちで、アザゼルの前に移動した。会話が漏れない距離まで詰める。

彼女がこれだけ真剣な顔をするのは珍しい。

何かがあるのだろうと思い、アザゼルも気を引き締めて彼女の言葉を待った。

「アザゼル様、あなたに確認しなくてはならないことがあります」

「……どうした」

張り詰めた空気に、少し間をおいて尋ねた。

思い当たる話がなかった。

一体何のことか、アザゼルには想像すらついていない。

「場合によっては、あなたと道を違える可能性のある話です」

「それで、こうして二人きりになった訳か」

何やら思い詰めているベルーガ。

額に汗を浮かべているのは、彼女が緊張している証だ。

その緊張は今からする話への覚悟と同時に、アザゼルを恐れてのことでもある。

彼女は魔族のエリートだ。それゆえに、アザゼルが一体どれだけ強いのかを正確に測れる数少ない魔族でもあった。

相手を敬っているからこその緊張感がこの場にある。

「なんでも聞こう。私とお前の仲だ。腹を割って話し合おう」

二人は神々の戦争時代から背中を任せあった仲だ。

仲間の中でもお互いに一番信頼を置いている。戦闘の実力、判断力、知識、どれをとっても申し分ない。そして同じ苦しみを共有してきた仲でもある。

「では……」

ごくりと唾を飲み込む音がした。

どちらかが出した音か、それとも二人ともか。

「あなたの本心を聞きたい。シールド・レイアレス様が死ぬ日まで付き従うというのは、本当でしょうか？」

「ほう、そう来たか」

アザゼルには意外な質問だった。

しかし、大事な話であることには違いない。

アザゼルは本心を伝えることにしようとしたが、その瞬間、ふと疑問が湧いた。

どちらが正解なのかと。

アザゼルは心からシールド・レイアレスに仕えようと思っている。

フェイの本心こそ知らないが、魔族のトップであるアザゼルはその気でいた。自分の指示に逆らう者もいないので、それが魔族の総意でもあると考えていたのだ。

しかし、魔族のナンバーツーであるベルーガがこのタイミングで、神妙な面持ちで尋ねてきた。

本当にシールド・レイアレスに付き従うのかと。

アザゼルはここで勘違いをしていたのかと不安になる。

それもそうだ。３００年前は人間と戦争を繰り広げ、異世界勇者によって封印までされた。

いまだに怒りを鎮められず、猛る心を抑えきれない者がいても不思議ではない。

ベルーガは常に最前線で戦い続けた魔族だ。仲間を多く失ったし、ひと際人間への恨みが強い可能性もあった。実際、アザゼルも未だに怒りを思い出すことがある。

彼女の中に抑えきれない怒りがあってもおかしくない。むしろ、当然かもしれない。

アザゼルはその怒りを上手に制御しているが、それができない者もいるのは理解している。

簡単に答えようとした問いだったが、アザゼルは押し黙ってしまう。

これは果たして簡単に答えて良いものかと不安になった。

最悪の場合……。

「ベルーガ、お前の意向に添った答えを与えてやれぬかもしれない」

「……やはりそうですか。しかし、私はアザゼル様のことを尊敬しております。争い、戦うようなことはしたくありません」

「それは私も同じ気持ちだ。ベルーガ、そなたには古くから多くの借りを作ってしまった」

「いいえ、借りだなんて。我々の間にそのようなものなどございません」

二人は少し緊張感を解放する。

それもそうだ。

道を違えてしまっても、二人はかつての戦友であり、大事な魔族の仲間だ。

二人でつぶしあうような愚かな行動は取らない。

それでも、シールドに従うと決めた今後100年間は、敵陣営に回る可能性もあった。

そう、ベルーガは本気でシールド・レイアレスに仕えたいと思っていた。

そして、アザゼルも本気でシールド・レイアレスに仕えたいと思っていた。

二人はここの生活を気に入り、シールド・レイアレスのことを気に入っていた。

それなのに、謎の空気感で勘違いし、すれ違う二人。気付けばお互いに、相手の意図を汲み間違えていた！

「しかし、私にも譲れないものがございます」

「それはこちらとて同じ」

二人の間に再び沈黙が舞い降りた。

どう話すか、今後の話をどう進めるか。

相手と道を違えることが分かった今、どう対処していいか悩んでいた。

「仕事は続けるつもりか？」

ベルーガはシールド・レイアレスに多くの仕事を任されている。

アザゼルから仕事を頼むときもあった。

それに見合うだけの報酬を与えているが、彼女がシールドに仕える気がないと分かった今、そこのところを確認しておきたかった。

「当然です……。アザゼル様こそ、仕事を続けるつもりですか？」

意外な問いだった。

アザゼルはシールドに仕える気でいる。仕事を辞める意味がない。

むしろ傍にいて当然の存在だ。

シールドからの信頼もヒシヒシと感じている。

自分はこの地になくてはならない存在だと自負していた。

それなのに、なぜ仕事を続けるのかと問われたのか？

考えの違う二人が同じ職場にいると、争いの火種になることを恐れたのだろうという結論を出した。

「無論だ。それと、そなたには具体的な計画があるのか？」

アザゼルの問いには、ベルーガはなかなか返事をしなかった。

少し思い悩んでいるようにも見える。

「……よく分かりませんが、私にはありません。アザゼル様こそなにかあるのですか？　もちろん話せればですけれど」

とりあえず、ベルーガはシールドに反抗的だが、まだテロ行為などは考えていないということらしい。もちろん嘘をついている可能性はあるが。

そして尋ねられた計画だが、計画も何もアザゼルはシールドから任された仕事を確実にこなしていくことしか考えていなかった。

(そうか……)

アザゼルは理解する。

おそらくベルーガは情報を引き出し、その計画を邪魔する気でいると。

余計に簡単には答えられなくなってきた。

「……ない。少なくとも私の口からは何も言えない」

「当然ですね。何があろうとも、私はあなたの計画を止める気です。もちろん争いたくはありませんが、私には私の考えがあります」

「それも理解している。お互いに争いは避けられないが、都度戦い以外の解決策を考えたい」

「はい、冷静に話し合える相手だと思っています。そうしましょう」

二人は敵同士にはなったが、改めてお互いを尊敬できる相手だと認識する。

魔族の中には人ほど理性的ではない魔族も多い。

そんな中、人に怒りを持ちながらも冷静に行動できるお互いを、二人は共に尊敬する。

「ちなみに、勝つ見込みはありますか？　厳しい相手ですよ」

ベルーガが再び問いかける。

少しアザゼルが考えた。

厳しい立場なのはベルーガの方だ。

しかし、彼女はどこか優位な感じを醸し出している。

アザゼルの側には最強のバリア魔法を使うシールドがいる。

大陸の人々の心を掌握し、魔族の多くも彼を認めている。

そんな中、どうしてベルーガはこんなにも余裕のある態度をとるのか。

頭を回転させ、アザゼルは結論を出した。

おそらくだが、フェイはベルーガ側だ。

そうだ、そうに違いない。

そして、その計画はもしかしたら圧倒的なものなのかもしれない。

ともなれば、主であるシールドが危なくなってくる。

「当然勝つ見込みはあったが、どうやらそちらも一筋縄ではいかないみたいだな」

「ご存じでしょう？　あの方の力を」

そうだ、その通りだ。

神々の戦争時に、嫌というほどフェイの馬鹿げた力を見て来た。

フェイは魔族のトップであるアザゼルを右腕として重用したが、アザゼルはそうは思っていない。

おそらく指一本分くらいしか活躍できていない。

ほとんど重要な戦いをフェイが終わらせてくれたし、異世界勇者をあれだけ弱らせたのもフェイだった。

遥か上にいる存在。しかし、そのフェイに勝ったのがシールドという男だ。

厳しい戦いになるが、こちらも当然負けてはいなかった。

ミライエの平和を守るために、シールドと自分の力を合わせて何としてもこの時代を守り抜く覚悟をする。相手が誰であろうとも。

「お前と同じくらい、いやそれ以上にあの方には感謝はしている。しかし、譲れないな。私は守りたいものの為に戦うだけだ」

「……守りたいもの？」

アザゼルの言葉に、ベルーガが少しひっかかりを感じた。

「なにか事情があるのでしたら、言って下さい。もしかしたら力になれるかもしれません。それでこんな不毛な争いが避けられるならば、私はいくらでも力添え致します」

アザゼルの守りたい者は今のミライエだ。

そして、それを崩そうとしているのがベルーガである。

……もしかして前提からして違うのかもしれないと気付く。

ミライエでの生活を守ろうとしている自分こそが異端であり、魔族全体としてはベルーガのような志向なのだろうかという疑問が湧いた。

事情と言われても、アザゼルはここでの生活が気に入っているだけだった。

思えば、仕事で忙しく動き回り、過去の怒りを思い出す時間もなかった。充実した日々だったがゆえに、余計なことを考えずに済んだのだ。

自分の環境が幸せだっただけなのかもしれない。

他の大多数の魔族は、未だに人への怒りを忘れられずにいる。

そうだ、ベルーガの話し方はミライエに敵対するのが当然と言わんばかりの言い方だった。

「特段理由はない。敢えて言うなら、かなり利己的な理由と言ってもいい。どうやら私は平和ボケしていたようだ。こちらが少数派であろうとも、私はもう引き下がることはない。私の望むあり方こそが、魔族のためになると思っている」

ベルーガが項垂れた。

まだ説得の余地があると思っていたが、たった今、それがなくなったのだと感じた。

アザゼルの決意は固い。

少数派であろうとも、引き下がる気はないと。

アザゼルはもともとそういう魔族だ。どんな逆境でも逃げ出さず、常に最前線で戦っていた。

ベルーガが胸を痛めるのは、アザゼルが魔族のことを第一に考えているのがよく分かるからだ。

アザゼルは利己的な理由と言ったが、その根底には魔族を想っての事情があるに違いない。

しかし、ベルーガはベルーガでシールド側に付くのが個人の幸せであり、魔族のためであるとも考えていた。

「……どうやら、お互い譲り合えないようですね」

「すまないな。私はシールド様とは手を切れない。あの方が生きている間、私は全力であの方とこのミライエを守るつもりだ」

「……え？」

ベルーガが間抜けな表情を見せた。

いつも聡明な彼女とは相反するような表情を。

長い付き合いのあるアザゼルですらも見たことのない表情だった。

「もう一度お聞かせください。今、なんとおっしゃいました？」

二度同じことを言うのもくどいので、少し表現を変えつつも、アザゼルはシールドに付き従うことをベルーガの前で宣言した。

次の瞬間、ベルーガがぷっと堪えていた息を吹き出し、ゲラゲラと笑い出した。

大きな口を開けて彼女が爆笑するのも初めて目にする。

今日は何から何まで珍しいベルーガの様子を見られた。

しかし、なぜ笑っているのか、アザゼルには理解できない。

「ご、ごめんなさい。盛大な勘違いをしていたようです！」

ベルーガが説明をした。

そう、彼女もシールドに付き従うつもりだったことを。

ようやく解消される二人の勘違い。

たまらず、アザゼルも笑い出した。これほど滑稽な話もない。

相手がフェイとベルーガという強敵で、魔族の大半もベルーガ側だと勘違いをした。

その緊張や悲しみから解放され、笑わずにはいられなかった。

「あーははっ、おかしい。こんな勘違いが起きるだなんて。アザゼル様がそれだけ笑っているのを初めて見ました」

「くくっ、それはこちらも同じだ」

二人は目に涙を浮かべる程笑った。

いつ以来だろうか、こんなに笑ったのは。

それもこれも、こんなに平和な土地に住まわせてもらっているからだった。

昔を思い出す。

笑うことこそあったが、それは一時的に悲しい現実から目をそらした笑顔だった。

しかし、今は心の底から笑えている気がする。

「それにしてもベルーガ、そなたと道を違えなくて済み、良かったぞ。敵に回すには、あまりにも恐ろしい魔族だ」

「なにを。それは完全にこちらのセリフです。口にした途端、殺されるかと思っていました」

ベルーガと自分の間に大きな力差はない。最後の最後に地力差が出るかもしれないが、達人同士と言っていい両者が戦えば、一つの判断ミスで死ぬとアザゼルは考えている。

心から、戦わずに済む未来が訪れて嬉しいと思っていた。

二人がひとしきり笑い、再度友好関係を結べた喜びに包まれていると聞きなれた声が部屋の外から聞こえて来た。

「おーい!!　アザゼルどこだー！　ベルーガも来い！　てか全員来い！　大事な話がある。めっちゃ良い話だぞ！」

二人はばっちりとその声を聴いた。

ベルーガが固く閉じた鍵を開ける。

目元の涙を拭いて、格好を正した。

「アザゼル様、行きましょう。シールド様がお呼びです」

「ああ、行こうか。我らの主の下へ」

バリア魔法の下で育つ若い芽

私はパル。ミライエの土地に生まれた故郷を愛する領民の一人です。

今年で14歳。名前の由来は、両親には生まれたての私がパールのように美しく見えたから、だそうです。結構安直な名前ですが、気に入っています。

後1年で、この領地の公職に就くことが可能になる年齢になります。

学業に専念して更なる学問の高みを目指す道もあるのですが、私の今の気持ちはそちらには向いていません。

両親は私を魔法の学者にしたかったみたいですが、今の熱い気持ちを伝えたら両親も納得してくれました。

そう、今の熱い思いは、ミライエの公職に就くことです。

故郷を愛する民だと言いましたが、実はその心の変化はここ最近のことなのです。

私は元々魔法学の道を究め、安定した職を得て、ミナントの都心部で働く予定でした。特にミナントの中心地パーレルの地で公職に就くことが出来たら私の人生１００点満点なんじゃないかと考えていました。

けれど、その気持ちは、今は消え失せてしまったのです。

私は心の底からミライエで働きたいと思っているのです。公職に就くことが出来れば、そう……

憧れの人に会えるのですから。

シールド・レイアレス。

ミライエに住む人で、この名前を知らない人はいません。

前領主様がお亡くなりになり、後継者が定まらなかったこの土地にやってきた新しい領主様です。

やってきたばかりの頃は悪い噂ばかりが聞こえてきました。

やれ街の大物の首を飛ばしただの、家に火を点けただの。今にして思えば、新参者への洗礼だったのでしょう。

誰しも新しいことには不安になります。よその国からやってきた領主ともなると、みんなもきっと不安だったのでしょう。デマを流したのはそういった人々の弱い心です。

実際、私も心の中でこの先ミライエはどうなってしまうのだろうと毎夜不安と共に寝ていました。

しかし、あれが生まれた日から全てが変わってしまいました。

聖なるバリアがこの地を覆ったのです。

ほとんど伝聞でしか知らない魔法がこの地に誕生してしまったのです。

聖なるバリアと言えば、大陸最強の国、ヘレナ国を覆うバリア魔法のことです。

これは大人だけでなく、子供も知っていることです。学校でも当然のように習いましたし、一時期は毎日それについてばかり話していたくらいです。

数年経ってバリア魔法が当たり前になってきた頃、はるか遠いヘレナ国の伝説みたいな魔法がこの土地に現れたのです。

あの日の、領内のお祭り騒ぎを今でも覚えています。

なぜだか分かりませんが、ヘレナ国を支えていた聖なるバリア魔法を使うシールド・レイアレス様が、この地の新領主様となっていたのです。

世の中不思議なことが起きるものです。

ヘレナ国はなぜこんなに凄い方を手放したのでしょうか？　私には理解ができません。

けれど、私にとっては大きな幸運です。

聖なるバリアができて以来、この地はみるみる発展していきました。

毎日のように新しい建物ができ、人が目に見えて増えていますし、活気のある領地になりました。

いつも騒がしく、トラブルも多いですが、愛すべき故郷になったのです。

今なら心の底から宣言できます。私、ミライエが大好きです。ここにいるだけで元気が湧いてくるような場所になりました。

土地の価格は今とても上がっており、我が家の土地を売って田舎に引っ越せば一生安泰なくらいお金が入るらしいです。

売却額を見て、ゴクリと唾を飲み込み、真剣な顔をした両親の顔が忘れられません。

二人の意思を尊重するつもりでしたが、結局二人は土地を売ることなくミライエに残る選択をしました。

私はほっとしたことを覚えています。

だって、今世界でもっともホットな場所に残ることができたんだもの。

こんなに幸運なことがあるでしょうか。

他の領地の学生と交流する際も、皆口を揃えてミライエに来たいと言っています。私たちミライエに生まれた人はずるいなんて言われますが、実際そう思います！

してやったりです。

完全に単なるラッキーです。

ミライエの学校から公職に就く間口は広く、外部の領地からミライエの公職に就くのは狭き門なのです。

哀れなり。

しかし、公職に就くだけだなんて、そんな低い目標を私は掲げておりません。

学校を首席で卒業、そして公職に就くための試験の1位合格を狙っています。

私にはそれだけの能力があると自負していますが、元はそれほど競争に積極的ではありませんでした。

しかし、1位で突破した先には、輝かしい未来が待っているのです。

私の憧れであるシールド・レイアレス様直属の部下として働けるんです！

こんな名誉がありますか!?　いや、ない!!　絶対にない!!

遥か遠く届かない夢ならば追いかけません。

しかし、両親のおかげで子供のころから勉強をさせてもらっていたので、勉強は得意なのです。

魔法はあれですが……。

しかし、最強の魔法使いのシールド・レイアレス様がいるので、私が中途半端に魔法を使えたところで特に意味はないのです。

それに、シールド・レイアレス様の周りには魔族の方々もいらっしゃいます。

彼らの強さもあるので、やはり中途半端な器用貧乏よりも、一つの分野に特化したスペシャリストが求められているはずです。

ミライエは今大きく動いています。有能な人材はいくらでも必要なはずです。シールド・レイアレス様に求められる人物になるためにも、私は日々研鑽するのみです。

そういえばシールド・レイアレス様の周りには魔族の部下が多くいます。中にはドラゴンも紛れているという噂もありますが、流石に嘘でしょう、お疲れ様です。

ドラゴンなんてほとんど伝説に近い存在です。

大陸の中心にドラゴンの生息する森があると言われていますが、危険すぎてろくに知られていない場所です。人の世界にやってこない以上、ドラゴンはやはり伝説的な存在と言わざるを得ないし、シールド・レイアレス様に仕えているのも意味が分かりません。

しかし、魔族の方々がいるのは事実です。

初めの頃こそ批判的な意見も多く、良からぬ噂も多く聞こえてきました。軍で血なまぐさい選別があったとか。そんなはずないのに。私は魔族の方に道を教えてもらったことがあります。怖そうな方でしたが、接してみると優しい方でした。

私と同じように、人々の魔族への誤解は、時間と共に解消されていきました。

魔族の方々はとても働き者で優秀なのです。特にトップにおられるアザゼル様とベルーガ様は魔族の中でも別格の存在。

書類仕事もこなし、戦闘の実力もある。

お二方は戦場でも輝くほど強いというのに、地味なデスクワークもこなすのです。

陰日向に活躍する彼らのような存在に、私もなりたいです。

考えて見れば、シールド・レイアレス様が無能を傍においておくはずもありません。だってシールド・レイアレス様ですから！

有能な人材を集めていたら、たまたま魔族が集まっただけなんですよね。

贔屓だなんて僻(ひが)んでいる人たちは愚かです。

それを私が証明してみます。

有能であればどこまでも出世できること。そしてどこまでもシールド・レイアレス様の傍にて活躍できることを。

最近では軍のトップであられるオリバー様が騎士に任命されたことが領内で話題になっていました。軍で活躍したものは騎士の称号を得てシールド・レイアレス様に仕えることができるそうです。

正直、騎士の称号は滅茶苦茶格好良いです。

軍はアザゼル様が改革をした後、死ぬほど厳しい場所になったと聞いています。

そのため優秀な人材のみが生き残り、数こそ少ないけれど非常に少数精鋭の部隊となっていると聞いています。

魔法の才能があった同級生と、町一番の力持ちは私と同じような夢を持ち軍に入りました。厳しいのは承知の上で、それでも挑んだのです。二人によると、数が少ない今こそチャンスなんだとか。

正直、少し羨ましくもあります。軍には多くのチャンスがあるというのは同意です。今後ミライエを妬んだ他の領地の貴族や、他国の侵略もあるかもしれません。活躍の場はいくらでも想定できます。

しかし、私には頑丈な体も魔法の才能もないので考えても仕方のないことです。私には誰にも負けない記憶力と、長時間のデスクワークにも耐えうる集中力があります。私には私の道があるのです。

騎士かぁ。それでも羨ましい称号です。

直属の部下になって、私が活躍した際に、なにか特別な称号を貰えたりしないでしょうか？　流石に捕らぬ狸の皮算用すぎる気もします。

「パル、お前を終身名誉部下に任命する！」

きゃー。

シールド・レイアレス様が私に称号を与える姿を勝手に想像してしまいました。

なんて光栄なことでしょうか。

こんなことが実際に起きたら、私嬉しすぎて失神する自信があります。

「……大丈夫か？」

「きゃっ」

最悪です。

知らない男性に声をかけられてしまいました。

どうやら私の妄想中のセリフを聞かれてしまったようです。

恥ずかしくて死にたいです。

夜中に歌っていたら通行人に聞かれたときの３倍恥ずかしいです。顔に熱が籠っていき、あついです。真っ赤になっているんじゃないでしょうか。

「あ、ああ、べ、別になにもしてませんけど。シールド・レイアレス様の物まねなんてしてませんけど！　なにか！」

「……い、いや。なんかすまん」

男性は若い青年です。

そういえば、シールド・レイアレス様も若いお方だそうです。

風の噂に聞いた風貌と、どこか似た男性でした。

しかし、シールド・レイアレス様がこんな街中にいるはずもありません。それも一人で。

「ちょっと人を捜していてな。見かけていないかと気になったんだ」

「ん？　どんな人でしょうか」

「酒を飲み歩いている少女だ」

あ、私分かっちゃいました。

これ、ナンパというやつです。

「金色の髪の毛で、尊大な態度をとったやつで、どこか神秘的な雰囲気もあって」

「お断りです！　私、あなたに興味ありませんので！」

「は、はい？」

すっとぼけた顔をしても無駄です。

新手のナンパでしょう。

そんな少女がいてたまりますか。

いや、いるな。

シールド・レイアレス様の傍に一人、神秘的な美しさを持った謎の少女がいるらしいです。

その方がふと頭を過りました。

けれど、どちらもあり得ません。

シールド・レイアレス様も、おそらくシールド・レイアレス様の妹君である少女も。そんな高貴なお二方がこんな街中にいるはずは……ないない！

やはりこの方はナンパです。軟派な男です。

「私、好きな人がいるので！」

好きというより、憧れなんですけどね。叶わない恋と分かってはいるものの、それでもしばらくは夢の中にいたいのです。

私の強い思いが、シールド・レイアレス様っぽい風貌の男性を呼び寄せたのかもしれません。

けれど、シールド・レイアレス様はもっと格好いいのです。

それはもう白馬に乗った王子様のごとく。ええ、きっとそうに違いありません。

「では、私はいきます」

「え、ええ……。フェイを捜してるだけなのに」

男性とお別れし、今日も勉強に戻るのです。

いつか仕えるシールド・レイアレス様との出会いに備えて。

ふふっ、私の未来は明るいです！

アカネ・スタニーは思い悩む。

彼女は集中する際、人差し指を口にツッコみ、右の口端を引っ張る癖がある。

容姿の良い彼女だから、どこか色気のある仕草になってしまうが、ここには注意する人がいた。

「あっ、アカネ。また集中してぼんやりしてたでしょ。涎垂れかかってる」

「あ、ごめん」

涎で濡れた右の指をダイゴの服で拭いた。

「あっ!?」

ダイゴの嫌がる姿を見てゲラゲラと笑うアカネだった。

いつも瞳をキラキラと輝かせ、面白いことを探し続けるアカネは、ミライエでの生活に満足している。ここにはダイゴがいて、ルミエスもいる。

アカネにとって二人はヘレナ国では出会えなかった、数少ない同類。天才同士の彼らにしか分からない感覚を共有している。

3人の才能はそれぞれ形の違うものだが、それでも似たような感覚があるに違いない。

実際、アカネは彼ら二人を友人のように思っている。人生で初めて話のあう相手を見つけることができたのだ。

ダイゴは魔石の改造、そして道具製造の才能。ルミエスは未完の大器。ゆくゆくは凄い魔法使いになる可能性をひしひしと感じさせる。

3人でいるときが一番楽しい。心安らぐし、成長している感じがするからだ。

しっかりもののダイゴがアカネの口元の涎を拭ってあげる。

自由奔放なアカネと、我の強いルミエスの尻拭いは基本的にダイゴの仕事だ。

「それで何を考えていたの？」

「うーん、シールドのバリア魔法をどうやって壊そうかなーって」

ダイゴは驚く。未だにそんなことを考えていたのかと。

ダイゴの脳内では、あれはもう壊れない物質として認定していた。

魔法のトレーニングに励むルミエスも同じ気持ちである。

それはダイゴやルミエスの頭が固いとかではなく、むしろ常識的な考えだった。

この場において、異常なのはアカネである。

おそらく、このミライエでまだあのバリア魔法を本気で壊そうと考えているのはアカネくらいだろう。

そこに悪意はない。単純な興味しかないのだ。

あのシールド・レイアレスのバリア魔法が壊れる瞬間を見てみたい。どうやったら壊れるのか知りたい。混じりっ気のない純粋な思いだ。

「アカネは天才だなー」

「はえ？　なんで？　ダイゴも天才じゃん」

「いや、発想が凄いなって。僕はもう頭の中でシールド様のバリア魔法を壊れないものとして認識していた。随分と判断を早まっちゃったなって思って」

ダイゴは反省する。

固定観念は新しいアイデアを潰してしまう。

思考が止まるのだ。常日頃からそれは駄目と思いながらも、いつのまにか自分の中で常識が出来上がっていた。

「あれは壊れないから仕方ないよね。アカネも3年くらい試してるけど、ダメダメ〜」

「アカネほどの魔法使いでもダメなのか」

「うん、傷一つ付けられていないよ。驚きだよね〜」

宙を見つめて、アカネは思案する。どうしたものかと。

「……アカネ、僕たちでせめて傷一つくらいつけてみない？」

「え？　乗ってくれるの？」

「うん！」

アカネがいたずらっ子っぽい悪い顔で笑う。

だからここが好きなのだ。

ヘレナ国で、今の状況で一緒にシールドのバリア魔法を壊そうだなんて言い出してくれる人なんていなかった。

「ダイゴー！　シールドにチクっちゃうからなー！」

「なんでだよ！　アカネから言い出したんじゃないか！　てか、やめてよ！　こんなのバレたらシールド様に顔向けできないよ！」

「ルミエス、行くよー」

聞き耳を立てていたルミエスの襟をつかんで、アカネが強引に引っ張る。

「な、なんでよ。私には修業があるんだから！」

「いいから、いいから。じゃあ息止めてねー」

その必要はないのだが、空間魔法を使用する。

空中に空いた穴に、アカネは二人を放り込んだ。

天才魔法使いのアカネに不可能はない。やりたい放題だ。

穴の中からダイゴとルミエスは地面に放り出される。

先ほどまで室内にいたのに、ここはどこか遠い地の屋外だった。

「あっ！　ぎゃっ！」

穴からアカネが飛び出し、ダイゴを踏みつける。

あんまりな扱いだが、日頃からこんな感じなのでダイゴも慣れっこだ。

戦闘のセンスも魔法のセンスもないダイゴだが、体だけは丈夫で体力もある。

癖強アカネとルミエスの二人を相手に出来るのは、ダイゴくらいなものだろう。

それでも踏みつけられたお腹は痛いようで、少し押さえていた。

「回復魔法使おうか？」

「いや、自然に治すよ」

回復魔法はその人の細胞分裂を加速させるものなので、リスクがないわけではない。

それに、アカネが使うとついつい魔法で遊びがちで、変な効果を付与する。

回復ついでにお腹の中に変な装置を仕掛けられかねない。まだサイボーグになりたくないダイゴは、しばらく痛みに耐えることにする。

「あれ、これは」

ダイゴがようやく気付く。

聖なるバリアが目の前に聳え立っていた。ここは聖なるバリアの外側だ。

恐ろしく思う。先ほど領主の街のど真ん中にいた。そこは聖なるバリアを作ったシールド・レイアレスがいる場所だ。

そこから一瞬で聖なるバリアの外まで移動した。

そんな魔法を、当たり前のように使うアカネを信じられない目で見つめた。

「アカネって1周回って馬鹿だよね。こんなに凄い魔法を使うなんて、もはや馬鹿だよ」

「へへっ、ありがと。ダイゴも馬鹿だから大丈夫だよ」

「んー、一緒にされたくないなぁ」

そうは思わない。

アカネはダイゴの発明を認めているし、形に残るダイゴの能力は、自身よりも人の役に立つから偉いとすら思っていた。

そんな二人を放って、ルミエスが聖なるバリアを改めて観察する。

「なぜこれはこんなにも堅いのかしら……」

シールドから強制的にバリア魔法だけを学ばされているルミエスだが、根が真面目なので真剣にバリア魔法を観察する。

その姿が健気で面白く、ダイゴは隠れてクスクス笑った。

「ルミちゃん、バリア魔法使ってみて」

「え？　うんまあ」

3人を囲うようなバリア魔法を使う。

聖なるバリアの超小型版だ。ルミエスの作ったバリア魔法から出て、アカネもバリア魔法を使う。

ダイゴは魔法が使えないので、サンプルは以上になる。

3人でバリア魔法を見つめる。それぞれの違いを探しながら。

「あら不思議。全部違うじゃん」

「本当だね。こうして並べてみると、バリア魔法って違うんだ」

「……なんで気付かなかったのかしら」

新しい発見だった。

彼ら3人に特別な才能があるからこそ気付けるほどの僅かな差。

しかし、よく注意してみれば違いが分かる。

「ねえ、見て。きめ細かさが違う」

「え？　そこまでは見えないよ」

「じゃあ、これ」

水魔法で高密度の水球を作り上げる。

それを通してバリア魔法を拡大して見ると、アカネの言っていたことが二人にも分かった。

「あっ、本当だ」

ルミエスが驚く。

アカネのバリア魔法とルミエスのバリア魔法を見比べた時、魔力の粒子がバリア魔法を作っているのが分かった。

理論をよく理解せず使っていた彼らには新しい発見だ。

「ルミちゃんのバリア魔法の方が、粒子が細かいでしょ？　たぶんだけど、こっちの方が堅いんだよね」

「粒子が多い方が崩れやすい気もするけど」

ダイゴが意見を出したが、アカネが首を振って否定する。

「アカネのバリア魔法は作りが荒いの。ルミちゃんのは綺麗に粒子が並んでいて、結合も強い。たぶん、修業の成果かな」

急にアカネに褒められ、ルミエスが顔を赤くして照れる。

二人の会話に積極的に混ざらないルミエスだが、いつも一緒にいるように、ルミエスも二人のことが好きなのである。

実は心の中で尊敬しているのもあって、急に褒められて照れた心を隠し切れない。

「ふん！　別に嬉しくないいんだから！」

「かわうぃー」

「アカネ、あんまり揶揄っちゃだめだよ。でもかわいい」

二人して揶揄う。ルミエスがツンツンするほど、二人は楽しくてやめられないのだ。

「いいから、今度はシールド・レイアレスのバリア魔法を見るよ！」

「そうそう、それが一番大事なのよね」

アカネは既に気付いているようだが、二人にも分かるように水球を聖なるバリアへと向けた。

それを見たダイゴとルミエスは驚きを口にする。

「え、なにこれ!?」

「……全然違うじゃない」

二人が見たもの、それは粒子すら見えないバリア魔法の表面だった。

水の球でいくら拡大しても、その境目が見えない。繋ぎ目も、何も見えないのだ。

「ツルツルなのよ、これが」

この聖なるバリアそのものが一つの存在であるかのように、どこにも隙間がない。

二人の粒子が集まってできたバリア魔法とはそもそも物が違うように思えた。

「これが、シールド様のバリア魔法……。なんていうか、違いを見るとその異常さが分かります」

「これほどまでに……」

ルミエスは悔しがる。どこまでもシールドに対抗心を抱いている彼女からしたら、この違いに悔しさを覚えてしまうのだ。

「ルミちゃん、あんまり考えこまないで。あいつが異常なだけだから」

「……シールド、まじ腹立つ」

「そうそう、今度落とし穴でも掘って落としてやろうよ」

「ダメですよ！　なんてことを言うんだ、アカネは」

「賛成」

「ルミエスまで!?」

二人の尻拭いは得意だが、制御は苦手なダイゴだった。

呆れるダイゴの隣で、アカネが魔法を使う。

少女の体には似つかわしくない、巨大な赤い剣が生まれた。

「げっ、なにそれ」

「人類が作れる魔法武器で一番強いらしいよ。これでバリア魔法を攻撃すると……」

彼女の細く小さい体で扱えるような大剣ではないが、アカネは身体強化の魔法も使っているので易々扱う。

操られた赤い大剣は、アカネのバリア魔法を簡単に割った。

次にルミエスのバリア魔法も破壊する。

水球を通して見ると、割れたバリア魔法は、やはり粒子が飛び散り結合することができない状態になっていた。これがバリア魔法の破壊状態だ。

次に、聖なるバリアを斬りつける。

衝撃音こそ凄かったが、聖なるバリアに異常は見られない。

水球を通して、拡大して傷などついていないか見てみる。

「ない」

「ないね」

「ないわね」

ツルツルのバリア魔法は、最強の剣を前にしてもやはりツルツルだった。

傷一つ見えやしない。

「……こーれ、無理です。アカネお腹空いたし、かーえろうっと」

「もう、飽きっぽいんだから。ルミエス行こう。遠出したし、3人でなにか美味しいものを食べましょう」

「さんせーい。ていうか、やっぱりシールドに落とし穴作ろうよ。絶対おもしろいって」

「賛成」

「ルミエス！　賛成しないで！」

こうして天才キッズ3人は、領内へと戻る。

後日、誰が作ったか分からない深い落とし穴に落とされることを、シールドはまだ知らない。

あとがき

お久しぶりの方はお久しぶり。お初の方は初めまして。どーもー！　ＣＫです。この度は、本書を手に取り、読んで下さりありがとうございます。いつもあとがきを書く際には感謝の気持ちに包まれていたのですが、今回も一切色褪せず大きな感謝の気持ちで一杯です。関係者の方々、読者の皆様に何度でもお礼を述べたいです。ありがとう！　あれ、なんか空、綺麗じゃね？

さてさて、挨拶ばかりでは退屈させてしまいますので、最近学んだことを少しだけ共有させて下さい。私も少しばかり歳を重ねて、イキリキッズを脱して、ナイスなおじさまになりつつある昨今。性格が落ち着くと自然体で話せることも増え、それを活かして人付き合いを広げている最中なのですが、これがとても良い。毎日がとても楽しいですね。幸せと言い換えてもいい。やっぱり人間と交流するって、この世で一番楽しいかもしれない。会社で一番大きなストレスって人間関係になりがちですが、やはり人間関係にはそれだけのパワーがあるわけです。正の面も負の面も非常に大きい。ゲームをやるのにも、今の時代は一人でやるゲームよりも、オンラインにてみんなで遊ぶのが楽しいですよね。一人でやるＲＰＧの良さはまだまだありつつも、やはり会話しながら遊ぶゲームの楽しさたるや凄い。こんな小学生でも知っていそうな情報を今更？　と思ったそこのあなた。だいぶ人生の先を行っていますね。天才です。私は歳を重ねてようやくこのことに気づいちゃいました。

とはいえ、暗いニュースばかり流れるこの時代、大変お疲れの方も多いと思います。折角の休みくらい一人で好きな読書でもしてのんびり過ごしたいよと思われている方も多いでしょう。そんなお疲れの皆様に、朗報がございます。なかなか貴重な情報ですが、本書を買って下さったので共有いたしましょう！　お疲れの体に効く現代の万能薬と言えるもの……そう整腸剤です。整腸剤ちゃん、しゅ、しゅごい。本当に。サプリメントオタクの私、整腸剤はなんかおっさんが飲んでるイメージがあって避けていたのですが、セールを機に試し飲みしてから体に革命が起きちゃいました。腸は第二の脳だと言われたり、感情をつかさどる、体の根幹などいろいろ言われますが、まさにその通りだと思います。腸の調子が良くなってから体調が良い気がするんですよね。この前、Amazonにてお気に入りの整腸剤が値上がりしたとき、ひどい絶望感に襲われました。魔王が誕生した瞬間の異世界人よりも濃い絶望感だった気がします。そのくらい整腸剤が手放せなくなりました。人間は一人で生きているわけではないとよく言われますが、そう、我々は腸内細菌と共に生きているわけですね！　腸には何兆もの腸内細菌フレンズがいるわけです。やったぜ！

以上、ナイスなおじさまになりつつあるＣＫの近況でした。これからもまだまだ勉強して作品を出していこうと思いますので、長くお付き合いいただけると幸いです。では、最後にもう一度お礼を。本書を最後までお読みいただき、誠にありがとうございました。またお会いできるのを楽しみにしております。

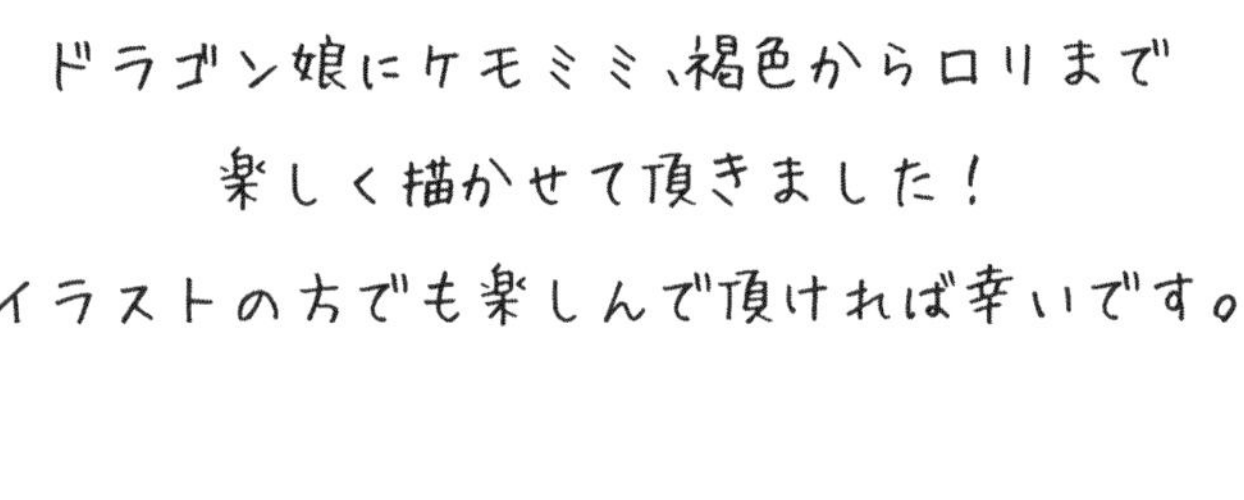
ドラゴン娘にケモミミ、褐色からロリまで
楽しく描かせて頂きました！
イラストの方でも楽しんで頂ければ幸いです。
シールドの心の中のツッコミが大好きです。

シールドさま～？
ぬっ
夫になる
券

次巻予告

ミライエには
新たな魔族、
新たなヒロイン、
そして、進化し続けるバリア魔法――
『バリア――広大無辺』

「えー、えー、えー、えー。長旅でした。
そして、長い封印、長い時間の浪費でしたとも」
「フェイ様もいるし、バリア魔法も美しいから
久々に人の世界に行ってあげましょう」

「俺の発展マシマシの領内に忍び込んで
テロ行為をしようとしたこと、
後悔させてやる」

『バリア魔法VSミライエ』

2023年12月頃発売予定!!!!!

次なる敵は
ダークエルフの半裸の王様!?

太陽の魔法（エルフ帝国）』

「さあ、戦いを始める。
破壊し尽くせ。燃やし尽くせ。
余の覇道を歴史に刻もう」

2巻、開戦。

国に最強のバリアを張ったら
平和になりすぎて
追放されました。
そのバリア、
永続じゃないよ?

KUNI NI SAIKYO NO BARRIER O HATTARA
HEIWA NI NARISUGITE TSUIHO SAREMASHITA.

〈竜王〉〈真祖〉
〈愛欲の魔王〉
〈九尾の狐〉…etc

皆が慕ってきて!?

〈超合金魔像〉に
乗り込んで対決!?

…
最高レベルに育て上げた
伝説級モンスターを従え、

君臨!

A book of monsters for
The demon master ▶▶▶

メイドなら当然です。
万能メイドさんの
異世界紀行!!
濡れ衣を着せられた万能メイドさんは旅に出ることにしました
三上康明
Illustration キンタ

異世界ガール・ミーツ・メイドストーリー!

地味で小柄なメイドのニナは、
ある日「主人が大切にしていた壺を割った」という冤罪により、
お屋敷を放逐されてしまう。
行き場を失ったニナは、
お屋敷の中しか知らなかった生活から心機一転、
初めての旅に出ることに。

初めてお屋敷以外の世界を知ったニナは、
旅先で「不運な」少女たちと出会うことになる。

異常な魔力量を誇るのに魔法が上手く扱えない、
魔導士のエミリ。
すばらしく頭がいいのになぜか実験が成功しない、
発明家のアストリッド。
食事が合わずにお腹を空かせて全然力が出ない、
月狼族のティエン。

彼女たちは、万能メイド、ニナとの出会いにより
本来の才能が開花し……。

1巻の特設ページこちら

コミカライズ絶賛連載中!

国に最強のバリアを張ったら平和になりすぎて追放されました。①
そのバリア、永続じゃないよ？

発行 ―――――― 2023年8月18日　初版第1刷発行

著者 ―――――― CK

イラストレーター ―――― トモゼロ

装丁デザイン ―――― 石田 隆（ムシカゴグラフィクス）

発行者 ―――――― 幕内和博

編集 ―――――― 島玲緒　今井辰実

発行所 ―――――― 株式会社アース・スター エンターテイメント
〒141-0021　東京都品川区上大崎 3-1-1
目黒セントラルスクエア　7F
TEL：03-5561-7630
FAX：03-5561-7632
https://www.es-novel.jp/

印刷・製本 ―――― 図書印刷株式会社

ISBN 978-4-8030-1824-0